Emily Thomsen

Medusas Fluch

Drachenmond Verlag

DRACHENMOND VERLAG

Astrid Behrendt
Rheinstraße 60
51371 Leverkusen
http: www.drachenmond.de
E-Mail: info@drachenmond.de

Lektorat: Alexandra Fuchs
Korrektorat: Pia Euteneuer
Satz: Marlena Anders
Layout: Astrid Behrendt
Umschlagdesign: Marie Graßhoff
Bildmaterial: Shutterstock

Druck: Booksfactory

ISBN 978-3-95991-171-9

Für alle Querdenker,
Geschichtensammler und Freigeister.
Nehmt euch Zeit zum Träumen.
Das ist der Weg zu den Sternen.

Marie

»Du zeichnest, als hinge dein Leben davon ab.« Tessa lehnte am Türrahmen des Arbeitszimmers. Sie hatte die Arme vor der Brust verschränkt und ließ den Blick über meine Bilder und die halbfertige Kohlezeichnung vor mir schweifen. »Du malst wunderschön, Marie. Warum nicht mal mit ein bisschen Farbe? Deine Bilder erschlagen einen beim Betrachten. Da werde sogar ich depressiv.« Meine beste Freundin rümpfte die Nase und trat hinter mich. Die Dielen knarzten leise unter ihren nackten Füßen. »Und warum malst du wieder diese Szene? Ich dachte, du hättest das hinter dir gelassen.«

Ich spürte ihre Hand auf der Schulter, als ich nicht reagierte und den Stift einfach weiter über das Blatt schwang. Linie für Linie erwachte darauf der letzte Augenblick meines alten Lebens. Dieser eine Moment, in dem die Zeit stillgestanden hatte und meine Welt in Trümmer zerbrochen war.

Aufhören? Das konnte ich nicht. Ich musste die Finger bewegen, musste das Bild, das sich für alle Zeiten in mein Gedächtnis eingebrannt hatte, erneut auf das weiße Blatt bannen.

Tessa seufzte.

»Ich träume wieder davon«, murmelte ich entschuldigend.

»Seit wann?«

»Ein paar Wochen.«

Meine Freundin ging neben mir auf die Knie und musterte mich eindringlich. »Deshalb bist du in letzter Zeit so seltsam.« Behutsam legte sie ihre Hand auf meine unruhigen Finger. Der Kohlestift schabte einige Millimeter über das Blatt. »Warum hast du mir nichts davon erzählt?«

Ich traute mich nicht sie anzusehen. »Weil ich dich nicht damit belasten wollte.«

»Mich belasten?!« Tessa ließ meine Hand los und erhob sich. Wütend lief sie neben mir im Raum auf und ab. »Du bist meine Familie, Marie! Meine Freundin. Ich möchte wissen, wenn es dir nicht gut geht.«

Ich nickte und begann erneut zu zeichnen. »Tut mir leid«, murmelte ich.

Tessa schnaubte und verließ das Zimmer. Kurz Zeit später kam sie zurück und warf einen weißen Umschlag auf die Zeichnung. Ich nahm ihn und drehte ihn in der Hand.

MS Amadea stand darauf.

»Was ist das?«, fragte ich.

»Mach auf.«

Seufzend legte ich den Stift zur Seite. Tessa würde eh keine Ruhe geben. Das Kuvert knisterte, als ich den Rand aufriss. Vier Tickets fielen aus dem Inneren. Zwei Flugtickets von Stuttgart nach Hamburg und zwei Karten, deren Text ich mir mehrmals durchlesen musste, bis ich begriff, was da stand. Ich sah die Buchstaben, konnte daraus Worte bilden, nur wollten diese in meinem Kopf einfach keine zusammenhängenden

Sätze ergeben. »Schottland-Island-Norwegen«, las ich still und »MS Amadea.«

Ich blickte zu Tessa auf. »Du hast eine Kreuzfahrt für uns gebucht?«

Sie nickte und grinste. »Ich bin nicht dumm. Ich habe gemerkt, dass mit dir etwas nicht stimmt, und dachte, du musst hier dringend raus.«

Ich sprang vom Stuhl auf. Jetzt war ich diejenige, die unruhig im Zimmer umherlief. »Und da dachtest du, es ist eine tolle Idee, ausgerechnet in Island Urlaub zu machen? Und nicht nur das, du buchst eine Kreuzfahrt. Wasser, Tessa!«

Tessa reckte das Kinn. »Ja, ich glaube, das ist eine gute Idee. Du lebst nicht, Marie. Du läufst weg und versteckst dich! Es wird Zeit, dass du dich deiner Vergangenheit stellst und endlich anfängst, die Dämonen hinter dir zu lassen. Wo ginge das besser als an dem Ort, an dem alles begonnen hat?«

Ich wirbelte zu ihr herum, aber sie hatte die Hände bereits abwehrend erhoben und schüttelte den Kopf. »Keine Chance. Eine Stornierung ist nicht möglich. In zwei Tagen geht es los. Du wirst mich begleiten, ob du willst oder nicht!« Sie ließ mich stehen und schlüpfte in ihre Sandalen. Ihre wütenden Schritte hallten durch den Flur, bis die Eingangstür laut in ihre Angeln fiel.

Gefühlte Stunden verharrte ich schwer atmend im Raum. Einige Atemzüge lang dachte ich an Flucht, doch was würde das bringen? Tessa gab nie auf. Wenn sie sich etwas vorgenommen hatte, setzte sie Himmel und Hölle in Bewegung, bis sie ihr Ziel erreicht hatte.

Langsam lief ich zum Fenster und blickte in den Garten, in dem die Rosen in voller Blüte standen. Da waren Tessas bunte Farben. Ein ganzes Meer an Heiterkeit, das ich jeden Tag betrachten konnte, ohne je Anteil daran zu nehmen. Der Garten war Tessas Werk. In jeder einzelnen Blume erkannte ich sie wieder. Das war Tessa.

Früher hatte ich Farben geliebt, hatte mich nicht daran sattsehen können. Heute war ich genauso farblos wie Wasser, mein Element, das ich verloren hatte. Zittrig sog ich Luft ein, wendete mich vom Garten ab und betrachtete die Bilder auf den Staffeleien und an den Wänden. Sie spiegelten wider, wie ich mich fühlte, und ich konnte mir, bei aller Mühe, keine Farben darin vorstellen.

Medusa

»Farin, du bist ein Tollpatsch!« Demeter seufzte und betrachtete das Chaos, das mein Freund in ihrem Garten angerichtet hatte. »Kaum zu glauben, dass du mein Sohn bist.«

Farin stand mit hängenden Schultern und eingezogenem Kopf neben mir. Am liebsten hätte ich seine Hand gehalten, um ihm beizustehen, allerdings fehlte mir der Mut. Demeter war außer sich und ich wusste nur zu gut, zu was eine zornige Göttin imstande war. Wir Götter waren nicht unbedingt für unsere Geduld bekannt.

»Verzeih, Mutter. Ich wollte für Medusa einen gelben Rosenbusch wachsen lassen und habe wohl etwas die Kontrolle verloren.«

»Die Kontrolle verloren!?« Mit einer unwirschen Handbewegung deutete die Göttin der Fruchtbarkeit auf die zerstörten Blumenbeete um uns. »Du sollst Leben erschaffen, nicht zerstören! In einem Jahr wirst du deine Prüfungen ablegen. Deine Zukunft, deine Stellung und das Ansehen unseres Hauses werden davon abhängen!« Ihr Blick streifte mich. Demeter trat auf uns zu. Sorge spiegelte sich in ihren Augen. »Ablenkungen kannst du dir nicht leisten, Farin. Nur ein fähiger Gott darf eine von Gaias Töchtern zur Frau nehmen.«

Sie sah zu mir. »Das gilt besonders für dich, Medusa. Deine Mutter hat große Pläne mit dir. Farin braucht eine hohe Stellung, sonst verliert ihr einander.«

Plötzlich schlug mein Herz unruhig. Gänsehaut ließ mich frösteln. Farin war mein bester Freund, seit wir Kinder waren. Ich wollte die Ewigkeit mit ihm verbringen. Nur mit ihm. Alle wussten es und freuten sich mit uns. Liebe war zwischen Göttern selten geworden. Je näher die Götterprüfungen rückten, desto abweisender benahm sich meine Mutter ihm gegenüber. Farin entsprach nicht dem Idealbild. Er mochte seine Freiheit, hielt sich nicht an Vorschriften und träumte davon, die Götterwelt zu verlassen und unter den Menschen zu leben. Dazu kam, dass er seine Kräfte nicht kontrollieren konnte. Egal, wie sehr er sich bemühte, irgendetwas ging immer schief. Meine Mutter befand ihn für schwach und ungeeignet. In dieser Welt bestimmte nicht die Liebe darüber, wer zusammengehörte, sondern die Stellung und ganz besonders die Fähigkeiten, unsere Gaben einzusetzen. Das galt vor allem für mich und meine Geschwister. Ich liebte Farin für seine Unvollkommenheit und fühlte denselben Drang nach Freiheit und Selbstbestimmung in mir.

Ich sah zu Farin, in dessen Gesicht ich wilde Entschlossenheit erkannte. Seine dunklen Augen lohten und er hatte die Hände geballt. »Ich enttäusche dich nicht, Mutter.«

Demeter nickte, sah sich noch einmal im Garten um und ließ uns schließlich allein.

Sobald die Göttin außer Sichtweite war, zog Farin mich in seine Arme und küsste mich stürmisch. »Ich enttäusche euch beide nicht«, flüsterte er mir ins Ohr.

»Wie könntest du das je, Farin?« Ich strich ihm eine dunkle Strähne aus der Stirn. Die seidigen Locken kitzelten auf meiner Haut.

Er hauchte mir einen Kuss auf den Mundwinkel und wich daraufhin ein Stück zurück. Eindringlich blickte er mir ins Gesicht. »So ungern ich das sage, aber meine Mutter hat nicht ganz unrecht. Ich muss in den kommenden Monaten härter arbeiten als jeder andere Schüler der Akademie.«

Ich schluckte und schloss einen Moment die Augen. Ich wusste, was jetzt kommen würde. Alle jungen Götter besuchten Gaias Schule, die einzige in unserer Welt, und meine Mutter wachte mit Argusaugen über die Ausbildung.

»Ihr seid unsere Zukunft«, behauptete sie immer, was Blödsinn war, wenn man bedachte, dass Götter ewig lebten. Hier gab es nur Heranwachsende und Erwachsene. Keine Greisen und damit auch keinen Generationenwechsel. Manchmal konnte ich den alten Göttern in schwachen Momenten ihre Lebenszeit ansehen. Nicht an Äußerlichkeiten, keiner von uns erschien älter als dreißig. Ich erkannte es in ihren Augen. Sie wirkten stumpf und fahl. Was nutzte eine strahlende Hülle, wenn sie von innen langsam welkte?

Farin strich mir eine Haarsträhne hinters Ohr. »Wir werden uns seltener sehen können, Medusa.«

»Ich weiß«, flüsterte ich.

Seine Hände umschlossen mein Gesicht. »Ich liebe dich und ich werde um dich kämpfen. Ich werde der fähigste Gott, den Gaia jemals gesehen hat. Sie muss unserer Heirat zustimmen. Eine Zukunft ohne dich kann und will ich mir nicht vorstellen. Wirst du mir dabei helfen?«

Gemächlich fuhr ich mit meinen Lippen über sein Kinn, wo in den letzten Monaten die ersten harten Bartstoppeln gewachsen waren. »Ich vermisse dich jetzt schon. Ich glaube an dich, Farin. Ein Jahr, dann sind wir für immer vereint.«

Marie

Der Flug nach Hamburg war ruhig verlaufen. Tessa hatte sich für ihre Verhältnisse sehr zurückgehalten. Vielleicht hatte sie Angst, ich könnte es mir noch anders überlegen. Erst, als wir in Hamburg ins Taxi gestiegen waren, war sie nicht mehr ganz so steif neben mir gesessen. Dabei war ich hier diejenige, die allen Grund zur Panik hatte.

Gerade bog der Taxifahrer in den Hafenbereich ein. Meine Freundin musterte mich aufmerksam und ich schüttelte innerlich den Kopf. Ja gut, ich war angespannt, hegte aber keine Fluchtgedanken. Zumindest bis jetzt nicht. Stattdessen sah ich in den fast wolkenlosen Himmel und fühlte Sonnenwärme auf dem Gesicht.

Dann sah ich die Elbe. Je näher ich dem Wasser kam, desto stärker fühlte ich seine Energie. Sie tastete nach mir, umfloss mich, ohne dass ich die Macht, die in ihm lag, greifen konnte. Mein Herz verkrampfte sich und ich kniff einen Moment die Augen zusammen. Verbissen knetete ich die Hände.

Der Taxifahrer gestikulierte Richtung Wasser, wo zwischen Wirtschaftsgebäuden und der Hafenbefestigung das gewaltige Schiff aufragte. »Wir sind gleich am Cruise Center. Da vorne sieht man schon den ›Blauen Peter‹ auf dem Schiff.«

»Was für ein blauer Peter?«, flüsterte Tessa.

»Er meint die blaue Flagge mit dem weißen Rechteck«, sagte ich. »Sie zeigt, dass das Schiff bald ausläuft.«

Wohin ich blickte, überall waren Industriegebäude, Hochhäuser und Lastenkräne, die in den Himmel ragten. Möwen kreisten über dem Wasser. Der Taxifahrer parkte auf einem großen Parkplatz und half uns das Gepäck aus dem Kofferraum zu holen. Mein kleiner Trolli war winzig im Vergleich zu Tessas Monsterkoffer, der keine Rollen hatte. Jammernd schleppte sie das Teil Richtung Check-in. Zum Glück standen bereits auf der Straße davor mehrere Angestellte der Reederei, die unsere Koffer beklebten und entgegennahmen.

Bis wir alle Verwaltungsmühlen passiert hatten, war ich mit den Nerven am Ende. Ein leichtes Wummern in meinen Schläfen ließ nichts Gutes vermuten. Ich bekam eine Migräne.

Stöhnend blickte ich zu der Menschentraube, die sich um die Gangway gebildet hatte. »Das nennst du Urlaub?«

»Wieso?« Fassungslos sah Tessa mich an. »Der Hafen ist doch klasse.«

Mein missmutiges Gesicht war Antwort genug.

Sie lachte. »Du wirst sehen. Sobald wir erst mal an Bord sind und das Schiff erkunden, wird es dir gefallen. Und später gehen wir was Leckeres essen und gucken uns den Hafen bei Sonnenuntergang an.«

Entwaffnet hob ich die Arme. »Okay, okay. Der Hafen bei Sonnenuntergang klingt nicht schlecht«, schmunzelte ich. Mit einem Mal stutzte ich, blieb stehen und schaute mich nach allen Seiten um.

»Was ist?« Tessa sah sich ebenfalls mit gerunzelter Stirn um.

»Ich weiß nicht«, sagte ich. »Ich hatte das seltsame Gefühl, beobachtet zu werden.«

Meine Freundin lachte. »Hoffentlich sieht er gut aus.« Noch einmal blickte sie sich um, während wir uns langsam eingequetscht über die Gangway kämpften, und zog die Nase kraus. »Bis jetzt sehe ich nur Pärchen, Familien und Rentner. Wehe, wenn es auf diesem Kahn keine ledigen, charmanten und knusprigen Männer gibt.«

Ich stöhnte. »Mensch, Tessa, hast du eigentlich auch was anderes im Kopf?«

Sie grinste. »Nö.«

War ja klar. Ich lachte leise, ließ mich von ihr mitziehen und starrte mit offenem Mund hoch zu den Decks, die sich über uns auftürmten. Weiß und steril wirkte das Schiff von außen, bis auf die hellblaue Blende, die sich knapp unterhalb des ersten Schiffsdecks um den Rumpf zog, und dem dunkelblauen Turm mit der weißen Möwe vor einer gelben Sonne.

»Wow«, murmelte Tessa, als wir endlich an der Rezeption ankamen. Von hier führten mehrere offene Treppenaufgänge zu den anderen Decks. Goldene Treppengeländer, goldene Tresen und dazwischen viel Rot.

»Ganz schön protzig«, war mein einziger Kommentar, den Tessa geflissentlich ignorierte.

In den kommenden Stunden schleppte sie mich durch das gesamte Schiff. Kein Deck war sicher vor ihrer Begeisterung. Ihre Augen glänzten vor Freude, sie redete ohne Unterbrechung, gestikulierte und lachte. Ich ging neben ihr her, brummte ab und zu zustimmend und lächelte, sobald sie mich ansah. Mir war nicht nach Lachen. Ich hatte Angst vor dem, was die Reise in meine Vergangenheit auslöste. Zu allem Übel fühlte ich mich nach wie vor beobachtet, traute mich aber nicht, es Tessa zu erzählen. Sie würde es auf die Anspannung schieben und ihre Bemühungen, mich abzulenken, verdoppeln. Darauf konnte ich im Moment verzichten. Trotzdem läutete mein Instinkt mit ganzer Kraft die Alarmglocke in meinem Kopf. Ich ignorierte sie und versteckte die Beklemmung und Panik vor Tessa.

Medusa

Ich sang, obwohl mir nach Weinen zumute war. Jeden Morgen versammelte sich die ganze Familie im Thronsaal meiner Mutter, um mit dem magischen Lied der Herek-nan die Schutzbarriere zwischen den Weltensphären zu erneuern. Mir war diese Tradition zuwider. Gaia brauchte uns dafür nicht, sie zelebrierte nur gerne, wie harmonisch unsere Familie zusammenhielt. Aus diesem Grund fand ich es grässlich. Harmonie war unter Göttern genauso wenig existent wie die Liebe. Uns hielt einzig die Furcht vor Gaia zusammen. Niemand wagte ihr zu widersprechen. Niemand stellte ihr Handeln infrage. Sie war die Göttermutter, die Schöpferin der Welten. Meine sechs Schwestern und sechs Brüder standen neben mir und sangen inbrünstig die Strophen, während ich nicht mehr als ein leises Murmeln aus der Kehle würgen konnte.

Der Zauber sammelte sich an der reich verzierten und mit gewaltigen Fresken bemalten Decke der Halle. Kleine, im Licht der Sonne schimmernde Eiskristalle bildeten Wolkenfragmente. Die Magie durchzog den Saal, bevor sie Wände durchdrang und weiter in den Himmel aufstieg, um die Weltenbarriere zu stärken.

Endlich war der Zauber vollendet und wir verstummten. Meine Mutter lächelte zufrieden. Als ihr Blick mich streifte, verblasste ihr Lächeln jedoch und die gerade noch fröhlich wirkenden Augen verhärteten sich. Ja, ihr entging nichts und das war viel ärgerlicher als dieses morgendliche Ritual.

Themis, meine älteste Schwester, wendete sich mir zu. Schmunzelnd strich sie sich ihre roten Haare glatt. »Bist du auch so aufgeregt wie ich?«

Ich zog die Nase kraus. »Warum sollte ich aufgeregt sein?«

Entrüstet sah sie mich an. »Der Besuch von Hades und seiner Familie! Seit Jahrhunderten verkriechen sie sich in der Unterwelt und Mutter hat sie gewähren lassen. Endlich folgt Hades der Einladung und kommt zum Tempel.« Themis lehnte sich näher zu mir. »Angeblich auf Thanatos' Drängen hin«, flüsterte sie.

Ich hob nur die Schultern und unterdrückte ein gelangweiltes Gähnen.

Meine Schwester seufzte. »Du hast die Geschwister noch nie gesehen.«

Reha mischte sich in das einseitige Gespräch ein und nickte eifrig neben mir. »Jede Göttin hätte einen von ihnen gern zum Ehemann«, stöhnte sie und ich wusste genau, in welche Richtung ihre Gedanken gerade gingen. »Sie sollen so reizvoll aussehen, dass jedes Herz, ob von einer Göttin oder Menschenfrau, bei ihrem Anblick zerspringt.«

»Ich lege keinen Wert auf Oberflächlichkeit, Reha. Und ich habe meine Wahl bereits getroffen. Mein Herz wird beim Erscheinen dieser göttlichen Männer nicht zerspringen.«

Themis neigte den Kopf und musterte mich einige Sekunden besorgt. »Mutter ist mit deiner Wahl alles andere als zufrieden, Medusa. Du solltest sie nicht erzürnen. Dabei wirst du verlieren.«

Instinktiv reckte ich das Kinn. »Warum kommt Hades gerade jetzt mit seiner Familie zu uns, wenn er sich seit so langer Zeit lieber in der Unterwelt verkriecht?«, fragte ich, um sie abzulenken.

Mein Bruder Hyperion zog mich zu sich und legte mir seinen schweren Arm auf die Schultern. »Es geht wohl um wichtige Entscheidungen, die Gaia gemeinsam mit Hades treffen muss. Gerüchte zufolge geht es dabei um eine Vermählung.« Sein Blick streifte Themis, deren Haut sich im Gesicht und am Hals rötete. So hatte ich sie noch nie erlebt.

Meine anderen Schwestern kreischten vor Aufregung. Sie unterhielten sich angeregt weiter über den neuesten Klatsch, indes hörte ich kaum noch zu. Themis war die älteste von uns und die erste, der Mutter einen Ehemann zusprechen würde. Ihre Wangen glühten vor Erregung und ihre Augen strahlten. Ich dagegen wusste nicht, wann Mutter mir und Farin endlich ihr Einverständnis geben würde.

Alle lachten, während ich eingehüllt in den dichten Mantel meiner Einsamkeit zwischen ihnen stand und mein Herz fror. Unter ihnen kam ich mir vor wie ein Geist. Was nutzte mir eine große Familie, wenn ich am Ende allein war? Allein mit den Ängsten und diesem alles umfassenden Gefühl der Hilflosigkeit. Ich war anwesend, aber niemand sah mich wirklich. Unbewegt starrte ich hoch zur Empore meiner Mutter. Der

Kloß im Hals, den ich seit Monaten spürte, verdichtete sich zu einem harten Kieselstein. Würde sie uns jemals ihr Einverständnis geben? Ich schloss die Augen und unterdrückte die Tränen, die unerbittlich aufstiegen.

Ich verliere mich selbst, flüsterte ich in Gedanken meinem liebsten Farin zu. *Ich wünschte, du wärst bei mir.*

Ich wusste, wie unnütz es war. Farin hörte mich nicht. Die Einzige, die alles wahrnahm, war Mutter und die ignorierte mich geflissentlich. Immer stärker verlor ich den Bezug zu meinem Zuhause, zur Familie, sogar zu mir. Farin war mein Anker in dieser Welt, der sichere Hafen, dabei sahen wir uns in letzter Zeit so selten.

Heute schien mir die Weite des Thronsaals erdrückender als jemals zuvor. Ich fröstelte und rieb mir die nackten Oberarme. Mutter hatte darauf bestanden, dass ich zu diesem Anlass mein bestes Gewand anzog. Doch jetzt lag es so eng auf der Haut wie ein Mieder, das sich immer dichter um mich wand. Das Gelächter meiner Geschwister wühlte sich in meinen Kopf. Ihre Fröhlichkeit war wie eine Ohrfeige. Der Druck in mir wuchs, bis ich es kaum noch bei ihnen aushielt. Ich tauchte unter dem Arm meines verdutzten Bruders weg und rannte zum Ausgang.

»Wo willst du hin?«

Die gebieterische Stimme Gaias tönte durch die große Halle. Die Anwesenden zogen ihre Köpfe ein. Diener gingen diskret aus dem Raum und meine Geschwister beobachteten mich mitleidig. Sie hatten Angst vor unserer Mutter, der Schöpferin aller Welten.

Ich nicht!

Ich hatte den Thronsaal beinahe durchquert, jetzt blieb ich stehen und drehte mich zu ihr um.

»Ich gehe nach draußen«, sagte ich so lieblich, wie es mir mit der Wut im Bauch möglich war. Sie durchschaute mich. Mutter legte die Schriftrolle, die ihr Hermes, der Götterbote, gerade gereicht hatte, zur Seite. Sonnenlicht brach sich in den bodentiefen Buntglasfenstern, die unsere Schöpfungsgeschichte in vielen kleinen Bildern wiedergaben. Ich kannte jedes einzelne davon auswendig. Es war die Geschichte meiner Mutter, wie sie die Welten erschuf und im Gleichgewicht hielt.

Gaia und ihre Geschwister, Nyx, Erebos, Tartaros und Eros, mussten ihren eigenen Vater für alle Zeiten einsperren, um die Welt zu schützen. Vor Chaos. Eros, der Gott der fleischlichen Liebe, hatte dafür mit seinem Leben bezahlt. Trotzdem waren wir Meister in diesem Gebiet, während die wenigsten tiefe Gefühle je erlebten. Aphrodite war eine lausige Liebesgöttin.

Mutter stand inmitten eines farbigen Lichtgespinstes an dem massiven Tisch aus Granatstein und sah mich eindringlich an. Das blutrote Lichtspiel des Edelsteines, in dem sich Sonnenstrahlen brachen, verstärkte die Aura der Schöpferin. Das war ihre Art, mich einzuschüchtern, was noch nie funktioniert hatte.

Missbilligend verzog sie den Mund. »Du triffst dich mit Farin.«

Instinktiv richtete ich mich auf. »Ja.«

Sie trat einen Schritt auf mich zu und Hermes wich, obwohl er gute drei Köpfe größer war als sie, zurück.

»Du bleibst hier«, sagte sie. »Farin hat genug Probleme. Er muss sich auf die Prüfungen vorbereiten. Wir bekommen heute hohen Besuch, wie du weißt. Deine Anwesenheit ist zwingend notwendig.«

»Ich bin rechtzeitig zurück.«

»Du bleibst hier«, wiederholte sie. Mutter hatte ihre Stimme nicht erhoben, trotzdem dröhnte sie in meinen Ohren. »Auch wenn du meine jüngste Tochter bist, Medusa. Du hast dieselben Aufgaben wie deine Geschwister.«

Ich hatte mich nicht so gut im Griff. »Seit Wochen hältst du mich von Farin fern und verbietest mir, ihn zu sehen, aber das lasse ich nicht länger zu!«, schrie ich. »Ich allein entscheide, wem mein Herz gehört!« Vor Zorn schäumend stürmte ich aus der Halle. Ich hatte genug.

»Medusa!«

Ich wusste, sie konnte ohne große Mühe die Tore schließen und mich einsperren. Sie tat es nicht. Diesmal nicht. Je mehr Gaia die Beziehung zu Farin bekämpfte, desto vehementer hielt ich an ihr fest. Irgendwann musste sie begreifen, dass ich meine eigenen Entscheidungen treffen wollte.

Marie

Ich fühlte mich erschöpft. Ein Jahrhundert der Trauer und der Verzweiflung lagen hinter mir. Unendlich viele Nächte und Tage, die an mir vorbeigezogen waren. Zwei Menschenleben überstanden und trotzdem kaum Erinnerungen daran. Ich war am Ende meiner Kraft, doch noch gestand ich es mir nicht ein.

In dieser Welt war ich Marie. Die kleine, schüchterne und ungeschickte Marie oder die verwöhnte Göre. Ich tat alles, um die Menschen auf Abstand zu halten. Am häufigsten täuschte ich die Lesbe vor. Nichts war wirkungsvoller, um Männer abzuschrecken. Nur Tessa wusste es besser. Sie wusste, wer ich war, und verurteilte mich dennoch nicht.

Für die Menschen waren wir hässliche Missgeburten. Über mich erzählten sie sich schreckliche Mythen. Ein Ungeheuer nannten sie mich, mit Schlangenhaaren, langen Reißzähnen, einer Schuppenhaut und glühenden Augen. Derart grässlich, dass jeder Mann bei meinem Anblick zu Stein erstarrte.

Ehrlich jetzt?

Ich wusste nicht, welche dieser Lügengeschichten ich Mutter zu verdanken hatte und welche die Menschen selbst erzählten, um ihre Begierde nach Abenteuer und Ablenkung vom langweiligen Alltag zu befriedigen. Nicht alles davon war die Unwahrheit.

Nein, ich hatte keine Schlangen auf dem Kopf, meine Zähne sahen ganz normal aus und ich hatte grüne Augen. Da glühte nichts, außer der Hass auf meine Mutter. Kein Mann erstarrte bei meinem Anblick zu Stein und doch brachte ich ihnen den Tod. Ich hatte Liebe erlebt, hatte ihre Wärme gespürt. Vor langer Zeit.

Ich erinnerte mich an jeden Kuss, jede sanfte Berührung und jedes geflüsterte Wort meines Geliebten. *Farin.*

Mit ihm war ich zum ersten Mal im Leben Teil von etwas Besonderem gewesen. Einen magischen Wimpernschlag lang hatte ich mich nicht mehr allein gefühlt. Bis meine Mutter unsere Liebe in Gift verwandelt hatte.

Zitternd zog ich im Liegen die Beine an, bis die Knie meinen Bauch berührten, und schlang die Arme darum. Mir war kalt, der Albtraum noch kraftvoll. Da half selbst die flauschig warme Decke nicht, mit der Tessa mich in der Nacht zugedeckt hatte.

Das Gewitter, das draußen tobte und das Wasser des Atlantiks aufwühlte, verbesserte die Situation nicht. Im Gegenteil, ich wusste, dass niemand Geringeres als meine Mutter für den Sturm verantwortlich war. So hieß sie mich willkommen.

Die Tür zur Kabine knackte leicht, als Tessa leise eintrat. Ich hörte ihre Schritte auf dem weichen Teppichboden, dann strich sie mir sachte über den Rücken. »Zeit zum Aufstehen, Schlafmütze«, flüsterte sie.

Ich rührte mich nicht.

»Ich weiß, dass du wach bist, Marie. Du zitterst.«

Seufzend hob ich den Kopf in ihre Richtung. »Lass mich, Tessa. Mir steht nicht der Sinn nach einem Dinneressen und der Gesellschaft von Menschen.«

Tessa warf ihre kakaobraunen Haare über die Schulter und stemmte die Hände an ihre Hüften. »Dir steht nie der Sinn nach Gesellschaft und du vergisst, dass ich auch ein Mensch bin.«

»Ach ja, richtig«, grummelte ich.

Tessa ignorierte meinen Kommentar und redete weiter. »Deine Phobie gegen alles Fremde ist echt nervig, aber damit ist jetzt Schluss. Ich habe es mir zum Ziel gemacht, dich auf dieser Kreuzfahrt davon zu heilen. Jetzt steh endlich auf. Die Betten sind nicht dazu da, die ganze Kreuzfahrt zu verschlafen.« Sie warf mir einen Morgenmantel zu und zog mir die Bettdecke weg. Ich verkniff mir jede Bemerkung. Wenn Tessa sich etwas in den Kopf gesetzt hatte, war es zwecklos, sich zu widersetzen, zumindest aktiv. Im Laufe der Jahre hatte ich mir angewöhnt, mich vor ihrer Umtriebigkeit durch Passivität zu schützen. Sie konnte mich nicht dazu zwingen, mich mit fremden Menschen zu unterhalten. Schon allein der Gedanke sorgte dafür, dass mein Mund ganz trocken wurde und die Kehle sich zuschnürte. Ich war nicht wie Tessa, offen für alles und ohne Scheu.

Das durfte ich nicht mehr sein. Ich hatte meine Heimat verlassen, lebte freiwillig im Exil und doch war ich nicht frei.

»Los jetzt!«, trieb Tessa mich an.

Widerstrebend stand ich auf und lief ins Bad.

»Zieh das fliederfarbene Kleid an, Marie. Darin sieht man wenigstens deine schönen Kurven.«

Ich lehnte über dem Waschbecken, kniff die Augen zu und versuchte gleichmäßig zu atmen. Warum hatte ich mich von Tessa zu dieser Kreuzfahrt überreden lassen? Seit dem ersten Tag auf dem Schiff spürte ich die Nähe zu meiner alten Heimat. So wie Gaia das Meer aufpeitschte, wühlte die Nähe längst vergrabene Erinnerungen auf.

»Hör auf dich zu quälen.« Tessa stand im Türrahmen und beobachtete mich. »Deine Mutter freut sich bloß, wenn du weiter an Farin festhältst wie eine Ertrinkende. Dein Leid ist ihre Strafe für dich.«

Ich richtete mich auf und betrachtete mein Gesicht mit den dunklen Ringen unter den Augen im Spiegel. »Aber ich bin genau das. Eine Ertrinkende.«

»Du musst endlich anfangen, Menschen an dich heranzulassen. Was, wenn mir etwas passiert oder ich alt bin und sterbe? Ich bin nicht unsterblich und ich ertrage den Gedanken nicht, dass du eines Tages wieder allein bist.«

»Das weiß ich, Tessa.« Ich fuhr mir mit der Hand über das Gesicht. »Das ist mein Fluch«, flüsterte ich resigniert.

Sie schnaubte und verschwand in der Schlafkabine. »Das ist der Fluch deiner Mutter, und ich glaube nach wie vor, dass du ihn brechen kannst.«

»Ja, indem ich zu ihr krieche und den Gott heirate, den sie für mich ausgesucht hat. Nein danke. Da lebe ich lieber mit dem Fluch und bleibe allein.«

Tessa schüttelte den Kopf. »Was ist derart schlimm daran, einen Gott zu heiraten?« Sie hob eine Augenbraue und begann zu grinsen. »Du hast selbst gesagt, dass die meisten genauso aussehen, wie wir Menschen uns das vorstellen.«

»Wenn du die Ewigkeit mit jemandem verbringen sollst, gibt es Wichtigeres als gutes Aussehen. Ohne Liebe wird die Ewigkeit zur Qual.«

Sie verschränkte die Arme vor der Brust und hob beide Brauen.

Ich lächelte matt zurück. »Sag jetzt bloß nichts dazu.«

Tessa ließ die Arme sinken und kam auf mich zu. »Ich schwöre dir, wenn du dich nicht fertig machst und mich begleitest, werde ich eine Kabinenparty organisieren.«

Ich wusste, dass das keine hohle Rede war. Tessa würde ihre Androhung wahr machen. Deshalb duschte ich und richtete mich. Doch statt des fliederfarbenen Abendkleides zog ich ein schlichtes blaues Kleid an, in dem ich mich wesentlich wohler fühlte. Tessa kniff bei dem Anblick die vollen Lippen zusammen, sagte aber nichts. Stattdessen hakte sie sich bei mir unter und wir gingen gemeinsam zum großen Speisesaal, wo heute Abend das Kapitänsdinner stattfand.

Als wir den Saal betraten, stockten meine Schritte und ich wollte am liebsten auf der Stelle umkehren. Mir kam es vor, als wären alle Gäste des Schiffes an diesem Abend im Saal. An den riesigen runden Tafeln saßen bis zu zwanzig Menschen. Der Lärmpegel war gewaltig. Tessa zog mich mit sich durch die Reihen und mein Magen sackte ins Bodenlose.

Sie steuerte zielsicher auf den Kapitänstisch zu. Ich schloss kurz die Augen. Natürlich war es Tessa mit ihrer direkten und offenen Art gelungen, an den besten Tisch eingeladen zu werden. Der Kapitän, ein Mann mittleren Alters, begrüßte Tessa lächelnd und reichte mir die Hand, während meine Freundin mich vorstellte.

»Es freut mich, Sie kennenzulernen, Marie«, sagte der Käpt'n. Er hielt mich einen Augenblick länger fest, als es angebracht gewesen wäre, und blickte mich unverwandt an. Ich seufzte. Das war der Grund, warum ich mich von solchen Veranstaltungen fernhielt. Gegen das, was ich war, konnte ich nichts ausrichten. Götter schätzten Vollkommenheit, was sich in allem widerspiegelte, auch in unserem Äußeren. In derartigen Momenten wünschte ich mir, dass meine Mutter mich wirklich zu dem hässlichen Wesen gemacht hätte, von dem die Menschen erzählten. Doch selbst diesen Frieden gönnte sie mir nicht.

Ich löste die Hand aus dem Griff des Kapitäns und nickte verlegen. »Danke, mich auch«, murmelte ich. Weil ich mich zu hastig hinsetzen wollte, blieb ich prompt mit dem Schuhabsatz an einem Stuhlbein hängen. Starke Männerhände hielten mich an der Hüfte fest und verhinderten meinen Sturz. Einen kurzen Atemzug durchströmte mich ungeheure Wärme. Mein ganzer Körper prickelte unter der Berührung. Ich spürte, wie mir die Schamesröte ins Gesicht stieg.

»Alles in Ordnung mit Ihnen?«

Ich hob den Kopf und wäre am liebsten im Erdboden versunken. Der Mann, der mich gehalten hatte, war umringt von zahlreichen jungen Frauen, die um seine Aufmerksamkeit buhlten. Er trug einen maßgeschneiderten dunklen Anzug und hatte weizenblondes Haar. Ich sah hohe Wangenknochen, ein markantes Kinn und kleine Lachfältchen unter den Augen. Ein Gesicht, das niemand so schnell vergaß.

Verdammt.

Er gehörte zu der Gattung Mann, die ich wie die Pest mied. Er war gefährlich!

Ich murmelte ein Danke und entwand mich seinen warmen Händen. Ich wagte es nicht, den Fremden anzusehen, und konzentrierte mich stattdessen auf die Anordnung des Bestecks vor mir. Mein Herz schlug heftig in der Brust. Ausgerechnet ein Mann wie er, der unweigerlich alle Aufmerksamkeit auf uns zog, musste an diesem Abend neben mir sitzen. Zum Glück verwickelten ihn die anderen Damen am Tisch in ein Gespräch. Trotzdem sah ich, dass er mich neugierig anblickte. Ich betete, dass er nicht versuchen würde mich anzusprechen. Sonst musste ich wieder die Rolle der Eisprinzessin spielen. Ich musterte ihn aus dem Augenwinkel. Nein, er gehörte zu dem Typ Mann, den das anspornte. Also lieber das schusselig schüchterne Mädchen vom Land? Ich sah zu Tessa und fasste den Entschluss, auf Nummer sicher zu gehen.

Übelkeit rumorte in meinem Magen und ich drückte kurz die Hände in den Bauch. Dieser verdammte Sturm brachte das Schiff heftig zum Schaukeln. Für meine empfindlichen Sinne war das Gift.

Nach einer gefühlten Ewigkeit hob ich den Kopf und blickte abermals zu Tessa. Besorgnis spiegelte sich in ihrem Gesicht, als ich matt lächelte, zwinkerte sie mir, mit einem

Seitenblick auf den Fremden neben mir, zu. Ich verdrehte die Augen und ignorierte meine Freundin geflissentlich. Wenn er ihr so gut gefiel, sollte sie sich zu ihm setzen.

Ich überstand die Vorspeise, die aus einer gebeizten Forelle und Salat bestand, und folgte stumm den Gesprächen. Ab und an stellte mir der Kapitän eine Frage, gleichwohl ich nur einsilbig darauf antwortete. Also ließ er es bald.

Erneut überkam mich Übelkeit. Mir wurde so schwindelig, dass ich mich an der Tischkante festhalten musste. Die Luft im Saal war vom Essensgeruch, den aufdringlichen Parfüms der Frauen und dem Gelächter der Menschen erfüllt. Viel stickiger konnte es nicht mehr werden, dann servierte ein Kellner das Kalbsfilet und ich begann zu würgen. Der Fremde neben mir ergriff meine Hände, die ich im Schoß dermaßen stark knetete, dass sie ganz weiß waren.

»Geht es Ihnen nicht gut?«

Ich schüttelte den Kopf, stand auf und verließ stolpernd den Speisesaal Richtung Deck. Als ich die Tür nach draußen aufstieß, traf mich ein Schwall Regenwasser ins Gesicht. Tief einatmend blieb ich, wo ich war, trotzdem wollte mein Magen sich nicht beruhigen. Ich stolperte zur Reling und klammerte mich daran fest.

Der sturmgepeitschte Atlantik ließ das Schiff in den Wellen auf und ab tanzen. Bei jedem schneidenden Eintauchen des Bugs ertönte ein Grollen wie der Donnerschlag des Gewitters über mir.

Ich verfluchte meine Mutter. Sie wusste, dass ich es hasste, wenn das Meer so unruhig war. Der Regen prasselte auf das

Deck und die Lichter des nahen Festlandes waren vollständig hinter einem dichten grauen Regenschleier verschwunden. Getränkedosen und aufgeweichte Papierfetzen einer Zeitung rutschten mit jedem Schaukeln über die Planken an Deck. Ich schien die Einzige zu sein, die sich bei dem beißend kalten Sturmwind nach draußen wagte. Fortwährend krümmte ich mich zusammen und übergab mich in die mit Schaumkronen bedeckte See.

Ich seufzte. Was machte ich hier eigentlich? Ich mochte Kreuzfahrten nicht und Schiffe noch weniger. Meine beste Freundin, die mit den anderen Gästen im warmen und trockenen Restaurant saß, dagegen schon.

Bereits nach ein paar Minuten war meine Kleidung bis auf die Haut durchnässt. Jetzt tropften breite Rinnsale an dem dünnen Abendkleid nach unten und sammelten sich als kalte Pfütze in den schwarzen Wildlederpumps. Immer wieder rutschten mir die klammen Finger vom Geländer, weil meine Hände, die Arme und der ganze Oberkörper vor Eiseskälte zitterten.

Ein erneuter Brechreiz ließ mich würgen, aber mein Magen war leer. Unvermittelt lagen eine trockene Decke und ein Regencape auf meinen Schultern und schützten meinen Rücken. Verwundert blickte ich mich um, weil ich mich bei Tessa bedanken wollte, stattdessen sah ich in das markante Gesicht des Fremden.

Seine Augen, die mich besorgt musterten, waren moosgrün und klar wie Glasperlen. Weizenblondes Haar klebte ihm unter der Kapuze seines schwarzen Regenmantels an der Stirn.

Ein schiefes Lächeln umspielte seine Lippen. Einen kurzen Augenblick lang fragte ich mich, warum er mir gefolgt war, allerdings trug die nächste hohe Welle den Gedanken mit sich fort. Das Schiff neigte sich. Ich verlor das Gleichgewicht und strauchelte. Starke Arme umschlossen mich, hüllten mich ein.

Ich spürte die Wärme, die von ihm ausging. Mein Herz schlug schneller, die Kehle war zugeschnürt. Ich atmete hastig und hatte trotzdem das Gefühl, nicht genügend Luft zu bekommen.

Seit einem Jahrhundert war mir kein Mann mehr in gleicher Weise nahe gewesen und verdammt, das fühlte sich höllisch gut an. Er fühlte sich gut an.

»Komm, ich weiß, wo wir ein trockenes Plätzchen finden.« Sachte, aber bestimmend zog er mich mit sich. Meter für Meter arbeiteten wir uns gemeinsam über das schwankende Deck zu einem Überstand am Heck des Schiffes. Auch dort hielt er mich im Arm. Selbst dann noch, als das Zittern in meinem Körper weniger wurde und ich ruhiger atmete.

»Ich kenne Sie nicht«, murmelte ich schließlich und mied seinen Blick.

Er hielt mich fester und beugte sich zu mir. »Seltsam, mir kommt es vor, als kennen wir uns seit Ewigkeiten.«

Ich erschauerte, weil sein Atem mich an der nassen Wange kitzelte, und schloss kurz die Augen. Ja, okay, ich gestand es mir ein, das war eine verlockende Situation für mich. Meine zurückgekehrten Albträume, diese aufwühlende Reise und die Tatsache, dass ich länger als ein Menschenleben keine Beziehung zu einem Mann mehr hatte, machten mir das Widerstehen gerade sehr schwer. Trotzdem durfte ich dem Ziehen in meiner Brust nicht nachgeben. Ich straffte die Schultern, richtete mich auf und entwand mich der warmen Umarmung. »Vielen Dank für die Decke und das Cape. Sie scheinen ein netter Kerl zu sein. Dennoch gehe ich jetzt besser zurück zu meiner Partnerin.«

Überraschung blitzte in seinen Augen auf und das schiefe Lächeln umspielte von Neuem die Mundwinkel. Warum nur hatte ich das Gefühl, dass er mich durchschaute?

Marie

Völlig durchnässt und mit triefenden Haaren lief ich durch die Gänge. Vorbei am Speisesaal und meiner besten Freundin, deren Lachen ich aus dem Geräuschpegel der anderen Gäste deutlich heraushörte. Das Wasser in den Pumps patschte bei jedem Schritt. Schließlich zog ich sie aus und ging barfuß voran. Der raue Teppichboden sog die Nässe rasch auf.

»Warte!«

Erschrocken fuhr ich herum und stolperte beinahe über meine eigenen Füße. Er folgte mir! Der Typ hatte echt Nerven. Doch kein netter Kerl. Hastig zog ich die Decke und das Regencape enger um mich und eilte um die nächste Biegung. Ich rannte, bis ich mir sicher war, dass er mir nicht nachsetzte. Mir war eisig kalt. Mein ganzer Körper sehnte sich nach dem fremden Mann, was mich maßlos ärgerte. Niemand, absolut niemand durfte diese Art von Macht ausüben. Das war frustrierend und vollkommen inakzeptabel!

Ich war derart durcheinander, dass ich zweimal in den falschen Gang abbog und orientierungslos auf dem Schiff herumirrte. Als ich endlich vor der Kabinentür stand, schlugen meine Zähne unkontrolliert aufeinander. Ich war mir allerdings nicht sicher, ob das von der Kälte kam oder von der glühenden Wut, die in meinen Eingeweiden rumorte. Ich brauchte mehrere Anläufe, ehe sich die verdammte Tür mit der Chipkarte öffnen ließ. Fluchend stapfte ich ins Zimmer und warf die Pumps etwas zu schwungvoll neben das Bett. Sie krachten gegen die Wand, ein Absatz löste sich. Das half nicht unbedingt dabei, den Zorn zu mildern. Wie schlimm konnte diese Kreuzfahrt eigentlich werden?

Ich ließ das Cape und die Decke fallen, öffnete mit tauben Fingern den Reißverschluss und zog das triefende Kleid aus. Ich wollte nur noch eines: eine lange, heiße Dusche und danach einen großen Schluck Brandy, um das verfluchte Verlangen zu betäuben. Mein Körper verriet mich nicht zum ersten Mal. Erinnerungen an den letzten Mann, mit dem ich Sex gehabt hatte, überschwemmten meine Sinne. Der einzige Freund, den ich nach Farin geliebt hatte, und auch er war mir genommen worden. Sein Tod hatte mich ebenso schlimm getroffen, doch zumindest war es nicht mein Fluch gewesen, der William getötet hatte.

Viele Männer waren mir in dem Jahrhundert begegnet und nie war mir der Verzicht auf Nähe derart schwergefallen wie jetzt.

Ich lief zur Dusche, wählte die Siedfleischtemperatur und stellte mich seufzend in den Wasserstrahl. Sofort bildete sich warmer Dampf, den ich tief einatmete. Ich hob mein Gesicht unter die Fontäne und ließ das Wasser über Kopf und Haare laufen.

Tessa hatte mich gewarnt. Sie hatte mir bereits vor Längerem prophezeit, dass ich mit dem Feuer spielte. »Du sehnst dich nach Nähe, Marie. Ich sehe es in deinen Augen. Keine Frau kann ewig auf die Liebe verzichten oder auf Sex.« Sie hatte mich angelächelt und lasziv mit den Augenbrauen geklimpert. »Du bist wie ein Vulkan, kurz vor dem Ausbruch. Das geht so lange gut, bis der Druck in dir die Oberhand gewinnt. Ich will nicht in deiner Nähe sein, wenn das passiert. Der Mann, der das über sich ergehen lassen muss, tut mir jetzt schon leid.«

Danke auch!

Ich war kein Vulkan und bei mir brach sich nichts Bahn. Ich war einfach durcheinander. Die Nähe zum Meer und der alten Heimat verwirrte mich. Meine Mutter, die mir diesen vermaledeiten Sturm geschickt hatte, verstörte mich und die schlaflosen Nächte taten ihr Übriges. Kein Wunder, dass ich nervös war.

Seufzend stellte ich das Wasser ab, wrang die Haare aus und zog das Handtuch vom Haken an der Wand. Ich wickelte es gerade um mich, als es an der Tür klopfte.

Wie erstarrt stand ich im Badezimmer. Tessa hatte eine Chipkarte zu meinem Zimmer und nutzte diese, wann immer ihr danach war. Wieder hämmerte jemand, dieses Mal energischer.

»Fräulein Birgisson?« Eine Männerstimme, zum Glück nicht der Fremde. Erleichtert atmete ich auf.

»Einen Moment bitte!« Mit der Hand wischte ich den Dampffilm vom Spiegel. Meine Haut war stark gerötet, aber das war mir gerade egal. Ich fischte den Morgenmantel vom Bett, ging zur Tür und öffnete sie einen Spalt. Ein junger Stuart lächelte freundlich. Kurz glitt sein Blick über den knappen Bademantel und meine nackten Beine. Ich bemerkte, wie sich seine Pupillen weiteten. Er schluckte.

»Bitte verzeihen Sie die Störung. Ich habe ein Päckchen für Sie.« Er hob die Hand und reichte mir eine himmelblau verpackte, rechteckige Schachtel. Ich nahm sie und strich mit der Fingerkuppe über die silberne Schleife, die den Deckel zierte.

»Von wem ist das?«, fragte ich.

Er hob die Schultern. »Das weiß ich leider nicht.«

»Danke«, sagte ich.

Der Stuart nickte mir zu, bevor ich die Tür schloss.

Ich trat über die nassen Kleider auf dem Boden, ließ mich schwer auf die Matratze fallen und drehte das Päckchen in der Hand. Mir wurde flau im Magen, trotzdem riss ich die Verpackung auf. Ein Schmuckkästchen. Mit angehaltenem Atem öffnete ich den Verschluss und erstarrte in der Bewegung. Eine schlichte Silberkette lag darin, an der ein ovaler Rubin baumelte. Die Fassung war filigran mit kleinen Ranken und Blüten verziert. Vorsichtig nahm ich die Kette in die Hand und kreiste den Edelstein zwischen meinen Fingern im Licht. Seine Farbe erinnerte mich an Taubenblut. Solch eine Halskette hatte ich seit der Verbannung nicht mehr gesehen. In meiner Heimat galten Rubine dieser Färbung als ein Versprechen auf Unbeirrbarkeit, weshalb sie gern bei Hochzeiten verschenkt wurden, um den Pakt der Ehe zu besiegeln. Eine Ehe, die auf Zweckmäßigkeit beruhte, nicht auf Liebe. Dieser Stein stand für Kraft, Eroberung und Beharrlichkeit. Ich schluckte hart.

Bis jetzt hatte mir nur Farin ein vergleichbares Schmuckstück geschenkt. Genau genommen sah der Rubin in der

Fassung demjenigen in Farins Armband ähnlich. Es war unbezahlbar für mich gewesen. Bis ich es verloren hatte. Ja, ich hatte Farin und alles, was mir von ihm geblieben war, unwiederbringlich verloren.

Die Frage war, wer hatte mir diese Kette geschickt? Der Edelstein war fast identisch mit dem auf meinem verschollenen Schmuckstück. Ich hatte sofort Mutter in Verdacht. Warum sollte sie das tun?

Ich drehte die Schachtel in den Händen. Plötzlich fiel mir ein kleiner weißer Zettel auf, der sich unter dem Stoff verbarg. Mit zitternden Fingern klappte ich ihn auf.

»Sein Feuer soll dir Wärme schenken, wenn du wieder einmal im Regen stehst. Dein Jendrik«, stand in fein geschwungenen und klaren Buchstaben darauf. Jendrik, jetzt wusste ich, wie der Fremde hieß. Die Kette kam von ihm, nicht von meiner Mutter. Erleichterung ließ mich kurz aufatmen, doch dann hatte mich der Argwohn wieder fest im Griff. Warum schenkte er mir ein derart teures Schmuckstück? Was wollte der Typ von mir?

Der Fremde konnte nicht wissen, dass mich der blutrote Stein an meine Vergangenheit erinnerte. Ein seltsamer Zufall. Einige Augenblicke überlegte ich, ob mehr dahinter steckte. War dieser Mann am Ende kein normaler Mensch? Ich lachte kurz, was sich in der einsamen Kabine befremdlich anhörte. Nein.

Ich spürte, wenn einer der Götter in meiner Nähe war, und das war im Moment einzig Gaia, die irgendwo da draußen die See aufpeitschte.

Nun hatte mir der Fremde mit dieser Kette eine Botschaft gesandt. Ich hatte sein Interesse erweckt. Darauf würde ich mich nicht einlassen. Ich war stur, das hatte ich in der Vergangenheit mehr als bewiesen.

Medusa

Farins Wutschrei hallte über die Täler hinweg. Ich sah ihm zu, wie verbissen er versuchte Gras, Bäume und Blumen sprießen zu lassen. Trotzdem war alles, was unter seinen Händen wuchs, krüppelig oder krank. Ich spürte die wachsende Verzweiflung. Schweiß stand ihm auf der Stirn und inzwischen zitterte er am ganzen Körper. Mir blutete das Herz, doch ich wusste, wie sehr Mitleid ihn kränkte, besonders von mir. Deshalb schwieg ich und band mir einen Blumenkranz aus Butterblumen.

Stundenlang waren wir dem schmalen Pfad gefolgt, der zum Gipfel des Torberges führte. Wir hätten es uns einfach machen können. Unsere Magie hätte uns in Sekundenbruchteilen hierher teleportiert. Zumindest mich. Farin tat sich damit unheimlich schwer. Fortwährend landete er an Orten, wo er gar nicht hinwollte. Deshalb, aber vor allem, weil es uns Spaß machte, waren wir zu Fuß gelaufen. Was hieß, dass ich zu spät nach Hause kommen würde. Ich wollte nicht aufbrechen, weshalb ich immer noch hier saß und lieber Blumenkränze band, als mich auf den Weg zu machen oder zu teleportieren. Hades und seine Familie waren hoffentlich längst fort, bis ich beim Tempel ankam.

Lächelnd flocht ich die nächste Blume in den Kranz. Ich war mir sicher, außer Mutter fiel das niemandem auf. Sie würde vor Wut schäumen. Die wenigen Stunden mit Farin waren mir wichtiger, auch wenn ihm meine Anwesenheit sichtlich unangenehm war. Ich sah die Selbstzweifel in seinen traurigen Augen, die verstohlenen Blicke, die er mir zuwarf. Dabei wusste er, dass es mir egal war, wie gut die Magie ihm gehorchte. Er hatte so viel mehr, das ihn ausmachte.

Schließlich kam er zu mir und setze sich neben mich ins sonnenwarme Gras. Der Duft nach Wildblumen stieg mir in die Nase.

»Vielleicht hat deine Mutter recht«, flüsterte Farin resigniert.

Ich hob den Kopf und sah ihn scharf an. »Fang niemals einen Satz mit den Worten ›Meine Mutter hat recht‹ an. Das kann nichts werden und ist alles andere als wahr.«

»Sie war bei mir, Medusa.«

Ich ließ den Blütenkranz in meinen Schoß sinken. »Wann?«

Farin senkte den Kopf und riss ein Grasbüschel aus dem Boden. Sofort verfärbte es sich gelblich in seinen Händen. Aufgebracht ließ er das verwelkte Gras fallen und fuhr sich über das schweißnasse Gesicht. »Vor einigen Tagen.« Er sah mich an. »Sie hat mir von meinem Schicksal erzählt und mir gesagt, dass sie dich um jeden Preis davor beschützen wird.«

»Welches Schicksal, Farin?«, flüsterte ich. Meine Kehle war plötzlich wie zugeschnürt.

Er schüttelte den Kopf, sagte aber nichts.

Ich legte den Kranz neben mir ins Gras, kniete mich vor ihn hin und barg sein Gesicht in meinen Händen. »Egal, was sie dir erzählt hat, glaube ihr kein Wort. Sie will einen Keil zwischen uns treiben, Farin. Das darfst du nicht zulassen.« Ich beugte mich zu ihm, hauchte einen Kuss auf seine Lippen. »Versprich mir, dass du das nicht zulässt«, murmelte ich.

Farin rang leise nach Atem, endlich öffnete er die Augen und blickte mich fortwährend an. Das lebhafte Glitzern darin war tiefem Frust gewichen. Einen winzigen Augenblick lang erkannte ich ihn nicht wieder, was mir schreckliche Angst machte. Dann blinzelte Farin und sein Blick klärte sich. Er begann zu lächeln und zog mich in die Arme.

»Niemals. Ich habe dir ein Versprechen gegeben und das werde ich halten.« Farin küsste mich stürmisch und ich lachte erleichtert. Plötzlich griff er in seine Hosentasche und zog eine kleine Schatulle hervor. Lächelnd überreichte er sie mir. »Damit du weißt, wie ernst es mir ist, meine Liebste.«

Ich öffnete den filigranen Metallverschluss am Deckel des Kästchens und keuchte, als ich das schlichte Schmuckstück darin sah. Ein Silberband mit einem dunkelroten Rubin, den eine zarte Fassung barg. Schnörkellos und gerade deshalb wunderschön. Ich biss mir auf die Unterlippe und lächelte. Farin nahm das Armband und legte es mir um mein linkes Handgelenk. »Damit immer ein Teil von mir bei dir ist.«

»Es ist atemberaubend«, hauchte ich.

Er zog mich in die Arme. »So wie du«, murmelte er mir ins Ohr.

Seufzend setzte ich mich zwischen seine ausgestreckten Beine und lehnte mich gegen ihn. Farin bettete sein Kinn auf meiner Schulter. Ich hob die Hand und betrachtete das Spiel der Sonnenstrahlen im Rubin. Er war außergewöhnlich.

Schweigend saßen wir eng umschlungen da und beobachteten, wie die Sonne hinter den Tälern langsam sank. Ein Goldhauch lag über den grünen Hügeln und dem Tal, durch das sich ein weißes Flussbett mit türkisblauem Wasser schlängelte. Ich liebte diesen Ort. Nirgendwo waren wir der Weltenbarriere näher.

Hier auf diesem Berg befand sich das Tor zur Menschenwelt. Gut verborgen, denn nur Götter, die ihren Abschluss auf der Akademie bestanden, konnten durch den Übertritt. Deshalb wussten weder Farin noch ich, wie es aussah.

Als Gaias Tochter wurde ich wie alle meine Geschwister zu Hause unterrichtet. Mutter übernahm diese Aufgabe selbst. Sie lehrte uns, wie wir unsere wahre Identität vor den Menschen verbargen. Sie sollten nichts von der Existenz der Götter wissen. Wieder etwas, worin ich anderer Meinung war. Hatte nicht jeder ein Recht auf die Wahrheit? Zumindest auf die Frage unseres Ursprungs hätte Gaia ihnen eine Antwort geben können. Wir alle suchten nach einem Sinn im Leben. Was nicht hieß, dass wir Götter ihn kannten.

Farin zog mich enger in seine Umarmung. »Irgendwann werden wir gemeinsam das Tor durchqueren. Wir müssen geduldig sein.« Er sprach, als hätte er meine Gedanken erraten.

»Ja, irgendwann«, flüsterte ich und fröstelte in seinen Armen. Das war lediglich ein weiteres Ausharren. Mir kam es vor, als bestünde unser Dasein einzig daraus, auf etwas zu warten und zu hoffen, dass es passierte. Ich war es leid stillzuhalten, während mein Leben an mir vorbeirauschte. Ich wollte ihm lieber mit großen Schritten entgegenlaufen, es ergreifen und selbst die richtigen Fäden ziehen. Für den Augenblick jedoch blieb ich sitzen und genoss Farins Wärme. Diese Momente waren zu selten geworden.

Marie

Tessa rumpelte gegen meine Kabinentür. Ich hörte sie fluchen. Der Schlag ließ mich aus dem Bett springen. Auf keinen Fall durfte sie die Kette entdecken. Sie würde nichts unversucht lassen, um mich zu einer Romanze mit Jendrik zu überreden. Ich war nicht der Typ Frau, der sich auf diese Art von Beziehungen einließ. Sex war niemals unverbindlich.

Wieder polterte es an der Tür. Offenbar hatte sie Probleme mit der Chipkarte. Hastig sammelte ich die Reste der Verpackung ein und nahm das Schmuckkästchen vom Bett. Zusammen mit der Kette versteckte ich alles in der Schublade des Nachttisches. Dann lief ich zur Tür und öffnete sie. Tessa fiel ins Zimmer, weil sie sich daran angelehnt hatte. Sie landete auf meinem nassen Kleid, das noch immer am Boden lag.

»Igitt, Marie!« Tapsig wie ein neugeborenes Fohlen versuchte sie, auf die Beine zu kommen, und scheiterte kläglich an ihren hohen Absätzen und dem hautengen Kleid, das sie trug. Ich konnte mir ein Lachen nicht verkneifen.

»Jetzt hilf mir hoch! Der Boden ist klitschnass.«

Ich hielt ihr die Hände entgegen und zog sie auf die Füße. »Warum lehnst du dich auch gegen meine Tür?«

Fluchend zog sie sich die Schuhe aus, lief ins Bad und holte sich ein Handtuch, mit dem sie sich abtrocknete.

»Ich habe die verdammte Tür nicht aufbekommen.« Tessa starrte auf das Kleid am Boden, dann entdeckte sie meinen Schuh mit dem gebrochenen Absatz neben der Wand und sah mich fragend an. »Warst du an Deck? Oder warum triefen deine Sachen?«

Ich nahm ihr das Handtuch ab und hängte es an den Haken im Bad. »Ja, war ich. Deshalb konnte ich nicht zurück zum Essen.«

Sie schnaubte. »Wir wissen beide, dass du eh nicht zurückgekommen wärst.« Sie folgte mir ins Bad, wo ich mir die feuchten Haare kämmte. »Was ist mit Jendrik?«

So, sie hatte also mit ihm gesprochen. Um den Schein zu wahren, hob ich fragend die Augenbrauen. »Jendrik?«, tat ich ahnungslos.

Tessa schnalzte missbilligend mit der Zunge. »Der Mann, der beim Essen neben dir gesessen hat. Ich weiß, dass er dir gefolgt ist.«

Einen Wimpernschlag lang erstarrte ich in der Bewegung, was ihr nicht entging. Tessas Augen glänzten und sie lächelte breit. Energischer als zuvor versuchte ich, die Knoten aus meinen Haaren zu kämmen.

Tessa kam zu mir und nahm mir die Haarbürste aus der Hand. Langsam und vorsichtig begann sie, mich damit zu frisieren. »Was ist passiert?«

Ich hob die Schultern. »Nichts! Er hat mir ein Regencape und eine Decke gebracht. Ich hab mich bedankt und bin gegangen.«

Einige Minuten sagte sie nichts und strich mir einfach weiter mit der Bürste durchs Haar. Das fühlte sich gut an. Wohlig seufzend schloss ich die Augen.

»Du lügst mich an«, sagte sie ungewohnt gelassen.

Ich riss die Lider auf. Tessa sah mich im Spiegel an, bis ich schuldbewusst den Kopf senkte und ihrem Blick auswich. »Ja, okay. Er hat mich in den Arm genommen und wollte eindeutig mehr, aber ich möchte das nicht. Bitte akzeptiere meine Entscheidung, Tessa.«

Sie lächelte und die Art, wie sie das tat, ließ mich das Schlimmste befürchten. »Ich glaube, Jendrik mag dich. Er ist vorhin zum Essen zurückgekommen und hat mich ein bisschen über dich ausgefragt.«

Ich drehte mich zu ihr um und nahm ihr die Bürste aus der Hand. »Was hast du ihm erzählt, Tessa?«

Sie kaute auf ihrer Lippe. »Ich habe ihn eingeladen, den Tag mit uns auf Island zu verbringen.«

»Du hast was?!« Wütend knallte ich den Kamm auf das Waschbecken, schob Tessa zur Seite und begann, in der Kabine die nasse Kleidung vom Boden aufzusammeln. »Dann wünsche ich dir morgen viel Spaß zusammen mit Jendrik in der blauen Lagune. Ich bleibe auf dem Schiff!«

Tessa kam zurück ins Zimmer, setzte sich auf die Bettkante und faltete die Hände in ihrem Schoß wie zum Gebet. »Das tust du nicht.«

Ich pfefferte die triefenden Klamotten in die Duschkabine und stellte mich vor sie. »Wenn Jendrik mitgeht, bleibe ich hier!«

»Er geht dir ziemlich unter die Haut, oder?«

»Ach Quatsch! Ich kann den Typen nicht ausstehen, das ist alles.«

Tessa streckte sich auf meinem Bett aus und lehnte entspannt den Kopf auf ihre angewinkelte Hand. »Dann macht es dir nichts aus, wenn ich ihn mir kralle? Er ist nämlich extrem heiß und ich werde mir so eine Sahneschnitte nicht entgehen lassen.«

Ich wusste, dass Tessa mich in eine Falle gelockt hatte, die längst zugeschnappt war. Ohne es zu wollen, stellte ich mir vor, wie Jendrik Tessa küsste. Das war zu viel. Ich verzog das Gesicht, weil mir die Vorstellung einen schmerzhaften Nadelstich durch mein verkümmertes Herz jagte. Verdammt! Was war los mit mir? Ich kannte den Kerl seit fünf Minuten. Er sollte mir egal sein. Trotzdem war da eine Verbindung, die ich nicht erklären konnte.

Tessa grinste breit. Geschmeidig wie eine Katze stand sie auf, kam zu mir und nahm mich in den Arm. »Keine Sorge, Liebes. Ich würde nie einen Mann anrühren, der dir etwas bedeutet.«

Mir wurde eiskalt und ich begann sofort zu zittern. »Verstehst du es wirklich nicht, Tessa?«, flüsterte ich leise. »Ich muss mich von Jendrik fernhalten oder er wird sterben.«

»Marie!« Erschüttert sah sie mich an. »Beruhige dich. So hab ich dich noch nie erlebt. Was ist los mit dir?«

Tränen sammelten sich in meinen Augen. »Ich habe Angst«, murmelte ich und wischte die Tränen unwirsch weg. Tessa wich ein Stück zurück. Ich nutzte den Abstand und verschränkte die Arme vor der Brust.

»Du hast recht.« Ich trat von einem Bein auf das andere. »Dieser Mann geht mir unter die Haut. Das darf ich nicht zulassen.« Mit beiden Händen umfasste ich ihr Gesicht. »Hilfst du mir dabei?«

Ich konnte den Kampf, den sie mit sich ausfocht, an ihrer Miene ablesen. Sie wusste, wie sehr mir die Einsamkeit zusetzte. »Glaube mir, wenn ich noch einmal den Mann verliere, dem mein Herz gehört, wird nicht nur er zu Stein erstarren.« Ich schluckte hart. »Ich werde sein Schicksal teilen. Jendrik darf nicht mehr für mich werden als ein Verehrer.«

Sie seufzte und umschloss meine Hände mit den ihren. »In Ordnung, ich helfe dir.«

Dankbar nickte ich.

»Ich werde ihm sagen, dass wir morgen allein zur blauen Lagune fahren wollen«, sagte sie. Tessa nahm mich in den Arm. »Versteh mich nicht falsch, Marie. Ich umarme dich wirklich gern, aber die Hitze eines Männerkörpers kann ich nicht ersetzen.«

Ich lachte und drückte sie fest an mich. »Du bist unmöglich«, flüsterte ich. »Unverbindlicher Sex ist nicht meine Art. Das kann ich einfach nicht.«

»Oh, Süße, du weißt gar nicht, was dir entgeht.« Tessa grinste. Sie wusste immer genau, wie sie mich aufmuntern konnte. Schließlich löste sie sich von mir. Tessa lief zurück zum Bett und sprang auf die Matratze. Sie lag auf dem Rücken, zog die Knie nach oben und verschränkte die Arme hinter dem Kopf. Meine Freundin starrte zur Decke. »Jendrik wird nicht so einfach aufgeben, Marie. Er ist kein Mann, der ein *Nein* akzeptiert.«

Ich legte mich seitlich neben sie. In der Ruhe um uns empfand ich das Wiegen des Schiffes stärker. Allzu deutlich war ich mir der Kette im Nachttischchen bewusst. Ich spürte sie mit jeder Faser meines Körpers, als ob das Ding eine eigene Energiequelle in sich hätte und mich permanent unter Strom setzte. Ich war müde und fühlte die ersten Anzeichen von Kopfschmerzen. Meine Schläfen pochten bereits. Ich schloss die Augen.

»Ich freue mich auf den Ausflug morgen«, flüsterte ich noch, bevor der Schlaf mich in den nächsten Albtraum riss.

Medusa

Meine Mutter schrie mich nicht an, noch reagierte sie wütend, als ich vom Treffen mit Farin nach Hause kam. Im Gegenteil, sie sah erschöpft und müde aus.

»Deine Anwesenheit war heute Pflicht, Medusa.« Wir standen im leeren Thronsaal. Sie hatte alle hinaus gebeten, um mit mir allein zu sprechen. Das beunruhigte mich, doch mehr Angst machte mir die Unruhe in ihren Augen. Gaia verschwieg etwas.

»Warum? Ich bin nur eine von vielen. Meine Geschwister haben Hades und seine Familie sicher gebührend empfangen und unterhalten.«

Mutter trat zu einem der Fenster. Mondlicht umspielte ihre Silhouette. Sie hatte das Licht im Saal bis auf wenige Lüster gelöscht. »Du bist nicht eine von vielen, mein Kind. Du bist etwas Besonderes. Deine Fähigkeiten sind außergewöhnlich stark. Aus diesem Grund war Hades hier.«

Schweigend starrte ich Mutter an, die mir nach wie vor den Rücken zuwandte. Ich hatte keine Ahnung, was sie mir gerade sagen wollte. Gaia atmete geräuschvoll aus. »Eines Tages wirst du meinen Platz einnehmen«, flüsterte sie. »Und du brauchst einen würdigen Mann an deiner Seite, der dir all das geben wird, wonach du dich sehnst. Geborgenheit, Freundschaft und innige Liebe.« Langsam drehte sie sich zu mir um. Steif stand ich da. Jeder Knochen, jeder Muskel im Körper schmerzte vor Anspannung. Ihre Worte hatten mich wie Dolchspitzen durchbohrt. »Wahre Liebe, mein Kind. Nichts weniger wünsche ich mir für dich und ich weiß, dass Farin dir das nicht geben kann. Sein Weg ist ein anderer. Es gibt keine gemeinsame Zukunft für euch.«

Ich keuchte. Tränen rannen mir über das Gesicht. »Du lügst! Farin ist in deinen Augen unwürdig, weil er seine Magie nicht unter Kontrolle hat. Das ist der einzige Grund, warum du mich nicht an seiner Seite sehen willst. Alles andere, das du aufgezählt hast, gibt er mir längst. Farin ist mehr mein Zuhause, als es diese Mauern jemals sein werden. Er liebt mich!«

»Du bist jung, Medusa. Du hast keine Ahnung von wahrer Liebe.«

»Aber du? Ausgerechnet du willst mir etwas über Liebe erzählen?!«

Sie zuckte zusammen, nur kurz, eine Bewegung so flüchtig wie ein Wimpernschlag, doch ich hatte es bemerkt. Meine Mutter schwieg einen Moment. Dann kam sie einen Schritt auf mich zu.

»In jeder Sekunde des Tages vermisse ich deinen Vater. Manchmal sitzt die Einsamkeit derart tief in meiner Seele, dass ich glaube, ich würde es keinen einzigen Atemzug länger aushalten. Trotzdem tue ich, wofür ich bestimmt bin. So grenzenlos meine Macht auch sein mag, den Tod kann selbst ich nicht überwinden. Dein Vater ist in Hades' Reich und eines Tages werde ich ihm folgen. Dann wirst du meinen Platz einnehmen. Du sollst nicht dieselbe Einsamkeit erleben müssen wie ich. Ich versuche, dich zu beschützen, aber du machst es mir nicht leicht. Das Schlimmste dabei ist, dass du es dir selbst am schwersten machst.«

»Du wirst mich nicht von Farin fernhalten«, knurrte ich. »Egal, was du sagst, es ändert nichts an meinen Gefühlen für ihn. Ich lasse mir von dir nichts anderes einreden. Er ist der Mann, mit dem ich mein Leben teilen möchte. Niemand sonst kann und wird seinen Platz an meiner Seite einnehmen.«

Gaia schloss die Augen. Einen Moment schien sie in sich zusammenzufallen. »Du irrst dich, Medusa. Es gibt jemanden, der das sehr wohl kann, und ich werde dafür sorgen, dass du die Wahrheit erkennst.« Sie richtete sich auf, kam zu mir und nahm mich in den Arm. Ich versteifte mich unter der ungewohnten Berührung. Viel schlimmer jedoch waren die Worte, die Mutter mir zuflüsterte. Sie ätzten sich in meine Seele.

»Alles, was jetzt folgt, tut mir unendlich leid, mein Kind.« Sie ließ mich los und sah mich mit Tränen in den Augen an. Nie zuvor hatte ich sie weinen sehen. Das traf mich mehr als jedes wütende Wort von ihr. Mein Herz krampfte zusammen, die Härchen auf der Haut stellten sich auf. Mir war eiskalt.

»Du wirst den Tempel nicht wieder verlassen«, flüsterte sie. »Du wirst Farin nie wiedersehen. Wenn Hades das nächste

Mal kommt, wirst du deinen zukünftigen Ehemann selbst begrüßen.«

Eine kurze Bewegung aus dem Handgelenk genügte und neben uns schwebte unvermittelt das Brautkleid meiner Mutter in der Luft. Der silbrig schimmernde Samtstoff waberte wie Nebel im Wind. Ich fühlte es kaum, als sie mir das Kleid in die Hand drückte. Nichts schien den dicken Sirup, der sich in meinem Kopf gebildet hatte, durchdringen zu können. Lediglich ihre Worte kreisten in einer Endlosschleife darin und rissen mich immer tiefer in die Dunkelheit.

Ich registrierte, dass sie den Thronsaal verließ. In dem leeren, viel zu großen Raum hörte ich schlagartig nur noch eines: meinen stockenden Herzschlag. Bumbum, bum … bum … bum. Jäh überschwemmten mich Finsternis und Verzweiflung.

Was dann geschehen war, wusste ich nicht mehr. Das Tageslicht dämmerte bereits, in einem tiefroten Sonnenaufgang vor den Fenstern im Zimmer, als ich zum ersten Mal den rasenden Schmerz in der Kehle wahrnahm. Ich schluckte, verzog vor Qual das Gesicht. Wie lange hatte ich geschrien? Wie war ich hierher gekommen? Die Hand meiner Schwester Rhea tauchte neben mir auf. Ich zuckte zusammen, dabei hielt sie mir lediglich ein Glas Wasser entgegen. Die Matratze unter mir bewegte sich, weil Rhea darauf herumrutschte. Ich schloss die Lider, reagierte nicht auf sie. Seit wann war sie bei mir? Hatte sie mich in mein Zimmer gebracht? Ich erinnerte mich nicht an die letzten Stunden. So sehr ich mich auch bemühte, alles nach Mutters Worten war ausgelöscht, als hätte meine Welt danach aufgehört zu existieren. Ich wusste nur eines: Niemals würde ich einen anderen Mann heiraten! Verzweiflung und Wut ließen mich zittern. Meine Augen waren geschwollen und brannten vom vielen Weinen.

»Du bist selbst schuld an deinen Tränen, Medusa.« Rhea streichelte meinen Rücken. »Warum warst du nicht rechtzeitig zurück? Dir war bekannt, dass Mutter dich bei Hades' Besuch dabeihaben wollte.«

»Du weißt doch gar nicht, worum es geht, also lass deine dummen Ratschläge«, krächzte ich und schniefte. Ein erneuter Weinkrampf schüttelte mich. Ich brüllte in das Kissen und bereute es sofort. Der Schmerz in der Kehle flammte auf. Stöhnend griff ich mir an den Hals. Rhea versuchte, mich zu beruhigen, gleichwohl konnte ich die sachten Berührungen meiner Schwester nicht ertragen. Ich schob ihre Hand von mir.

»Lass mich allein«, flüsterte ich.

Rhea erhob sich. Die Matratze unter mir wippte leicht. »Ich komme später wieder«, murmelte meine Schwester. Still verließ sie das Zimmer. Ihre nackten Füße verursachten keine Geräusche auf dem muschelkalkweißen Marmorboden.

Was blieb, war mein Schluchzen, das den Raum durchschnitt und von den kühlen Steinwänden widerhallte. Jeder Ton zerriss mich, ließ mich splittern, als bestünde ich aus Glas, das Stück für Stück auseinanderfiel. Ich zerbrach wie die Regentropfen, die auf meine Fensterscheiben niederfielen. Sie krümmten sich auf dem Glas, weil ich mich krümmte. Meine Gabe formte schaurige Strukturen auf die Scheibe. Dämonen, die mich peinigten, sobald ich die Augen schloss.

Die Haut prickelte unter der Energie, die mein Element, das Wasser, mir schenkte. Es rief nach mir oder ich rief das Wasser, so genau konnte ich es in der tiefen Verzweiflung, die mich fest umklammert hielt, nicht sagen.

Mein Element war nicht genug, das war es nie. Egal, wie gut ich es kontrollierte. Mutter beherrschte alle Elementarkräfte. Feuer, Wasser, Erde, Luft. Sie war die Schöpferin der Welten. Ich konnte mich ihr nicht auf diese Weise entgegenstellen. Ich musste einen anderen Weg finden. Bis dahin bestimmte sie mein Schicksal, ertränkte mein Leben und die Liebe. Ich starrte hinaus in den matschgrauen Himmel, der die Götterwelt in Zwielicht kleidete. Heute trauerte diese Welt mit mir. Der Himmel weinte dicke, kalte Tropfen. Unaufhaltsam fielen sie, zerbarsten, wo sie auf Widerstand stießen, und ich zerbrach an der Mauer, die meine Mutter um mich errichtet hatte.

Marie

Kühler Wind wirbelte meine Haare auf. Ich band sie im Nacken zu einem losen Knoten. Tessa hatte das Fenster unseres Mietwagens weit geöffnet und hielt einen Arm nach draußen, während die andere Hand locker auf dem Lenkrad lag. Sie fuhr viel zu schnell, ihre Haare flogen wild um ihren Kopf.

»Mach sie dir wenigstens zusammen, bevor du das Auto gegen den nächsten Lavafelsen rammst«, murmelte ich. Verbissen klammerte ich mich am Armaturenbrett fest. »Zurück fahre ich«, knurrte ich.

Tessa lachte und trat das Gaspedal weiter runter. Ich schauderte im frostigen Fahrtwind und kuschelte mich in die warme Jacke. Trotz blauem Himmel und Sonnenschein blies ein kühler Luftstrom über die Insel. In meinem alten Leben hatte mir Kälte nie etwas ausgemacht. Götter waren zwar Teil dieser Welt, doch sie lebten nach anderen Regeln. Um genau zu sein, lebten sie nach ihren eigenen. Sie wechselten zwischen den Weltensphären nach Lust und Laune. Solange sie dabei Gaias Gesetze befolgten, hielt diese sie nicht davon ab und dank der Akademie, die jeder von uns besucht hatte, wussten wir uns den Menschen anzupassen und nicht aufzufallen. Im Laufe der Jahre hatte ich die Anwesenheit vieler Götter gespürt und war ihnen aus dem Weg gegangen. Kein Einziger hatte jemals versucht mit mir Kontakt aufzunehmen. Ich hätte sie sofort weggeschickt. Allerdings bezweifelte ich, dass es daran lag. Sie mieden mich aus einem anderen Grund, der mir selbst nicht klar war. Mutter wusste, dass ich weder sie noch einen der Götter sehen wollte. Sie respektierte meine Entscheidung und genau das weckte Misstrauen in mir. Sie nahm niemals Rücksicht auf das, was ich wollte, und schon gar nicht auf meine Gefühle, was mich unweigerlich dazu brachte, das Schlimmste zu vermuten. Gaia tat zu keinem Zeitpunkt etwas ohne Hintergedanken und aus purer Nettigkeit. Sie hatte einen größeren Plan im Kopf, spann und verwob die Fäden, bis die Falle zuschnappte, aber nicht mit mir!

Ich blickte zu Tessa und lächelte. Meine beste Freundin lebte ebenfalls nach ihren eigenen Regeln. Sie saß im dünnen Rollkragenpullover neben mir und genoss den kalten Wind sichtlich. Ich fröstelte und freute mich auf das warme Wasser des Thermalbades der blauen Lagune.

Seit wir am Morgen vom Schiff gegangen waren, lag eine drückende Schwere auf mir. Die Insel war nicht weit von der Götterheimat entfernt. Ich spürte die Energie, die von der Barriere ausging, die die Welt der Götter von der Menschenwelt trennte. Früher hatte ich oft auf der anderen Seite des magischen Schutzwalles gestanden und mich nach dieser Sphäre gesehnt. Ab und zu hatte ich Island durch einen Spalt in der Barriere sehen können. Ich seufzte.

Die Insel hatte sich seit dem letzten Mal, als ich hier gewesen war, verändert. Der Einfluss der Menschen war unübersehbar. Rote Leitungen liefen am Boden entlang über die Lavafelder und versorgten die Häuser mit heißem Wasser aus dem Thermalkraftwerk, das sich neben der Lagune befand. Touristenbusse fuhren auf der gut ausgebauten Straße. Früher hatte ich die Einsamkeit auf der Insel gesucht. Jetzt war ich froh über Tessas Gesellschaft und sogar über die der vielen Touristen. Sie lenkten mich von dem ständigen Gefühl ab, dass meine Mutter nicht weit weg war. Ich fühlte mich beobachtet. Das bereitete mir Unbehagen. Nervös blickte ich mich um.

»Jetzt hör auf, dir Sorgen zu machen, Marie. Sie ist nicht da und wenn, kannst du eh nichts daran ändern.«

Ich schwieg und sah weiter nach draußen. Tessa trommelte mit den Fingern auf das Lenkrad und sah immer wieder zu mir. Endlich tauchten vor uns die in der Sonne glänzenden Stahltürme des Kraftwerkes auf. Zischender Dampf stieg in den Himmel. Minuten später fuhr Tessa auf den Parkplatz. Wir holten unsere Taschen und liefen durch ein Labyrinth aus schwarzem Lavagestein in den Empfangsbereich des Hauptgebäudes. Wohlige Wärme erwartete uns drinnen. Tessa hatte die Reise bis ins Detail geplant und alles geregelt, deshalb wunderte ich mich nicht, als uns die Empfangsdame mit Namen begrüßte. Sie überreichte uns ein braunes Badetuch mit dem Logo der blauen Lagune, einen Bademantel, Schuhe und ein blaues Armband mit dem Chip, der uns den Zutritt gewährte.

»Viel Vergnügen«, sagte sie und zeigte uns den Weg. Kurze Zeit später stand ich neben Tessa in der Umkleide.

»Beeil dich«, drängte ich sie. »Mir ist kalt.« Ich hatte mich fest in den flauschigen Bademantel gewickelt und trat von einem Bein auf das andere. Tessa verriegelte unseren Spind und schüttelte den Kopf. Endlich liefen wir ins Freie und blieben staunend am Rand des Sees stehen.

»Wow«, flüsterte ich. Weißblaues Wasser glänzte in der Sonne. Schwarzes Lavagestein umgab die ganze Anlage und aus dem See stiegen Dampfwolken auf. Am Rand hatte sich ein weißer Schlammfilm abgesetzt, den sich manche Badegäste im Gesicht verteilten. Angewidert verzog ich den Mund.

Tessa lachte. »Das soll bei Hautkrankheiten helfen«, sagte sie und musterte mich dabei. »Du brauchst dir über so etwas natürlich keine Gedanken machen.« Sie krauste ihre Nase.

Ich kicherte, zog den Bademantel aus, warf ihn zu meinem Handtuch auf eine der Sitzbänke und folgte Tessa ausgelassen ins Wasser. Wärme umschloss mich, was meinen angespannten Muskeln guttat und mich wohlig aufatmen ließ. Die Schwere meiner Gedanken fiel von mir ab. Während ich Tessa durch den See in einen etwas abgeschiedeneren Teil nachschwamm, wechselte die Wassertemperatur von behaglich in kühler und wieder zu wärmer. Es fühlte sich merkwürdig an, durch die unterschiedlichen Temperaturzonen zu schwimmen. Das und die vertraute Berührung mit meinem Element ließ die Haut angenehm kribbeln. Nahe des Ufers setzten wir uns in den schlammigen Untergrund.

»Bist du glücklich?«, fragte mich Tessa.

Ich hob das Gesicht zum Himmel und blickte ins endlose Blau. Jede Zelle in meinem Körper sog die Wärme des Wassers auf. Ich lächelte. »Ja«, hauchte ich und für diesen einen Moment war das die Wahrheit.

Unvermittelt spritzte Wasser auf mich, ich bekam etwas Weiches auf Stirn und Wangen. Ich schrie auf und wischte mit der Hand darüber. Ungläubig starrte ich auf den weißen Brei auf meiner Handfläche. Dann sah ich mit schmalen Augen zu Tessa, die in dem Atemzug erneut ausholte. Schlamm flog durch die Luft. Ich wich aus und stieß dabei gegen einen Männerrücken. Die Entschuldigung lag mir auf der Zunge, blieb mir aber im Hals stecken, als ich bemerkte, wer neben mir im See stand.

Jendrik.

Lächelnd drehte er sich um und fasste nach mir. Ich keuchte und wich vor ihm zurück, allerdings hatte er mich bereits an der Taille gegriffen.

»Wo willst du denn schon wieder hin?«, fragte er grinsend. Am liebsten hätte ich ihm dieses Grinsen aus dem Gesicht gewischt.

»Lass mich los«, zischte ich und stemmte mich mit den Händen gegen seine nackte Brust. Oh, verdammt, ich spürte die Kraft, die in den Muskeln steckte. Das fühlte sich verboten gut an.

Ich war überfordert vom plötzlichen Auftauchen, von dem, was ich in seiner Nähe empfand, und der Wut in meinem Bauch. Jäh holte ich aus und schlug ihm die flache Hand ins Gesicht. Es klatschte heftig. Jendrik ließ mich los und ich wich zurück.

»Was machst du hier?«, fauchte ich.

Er hob die Brauen. »Ich genieße das warme Wasser und die schöne Aussicht.« Sein Blick lag auf mir und ein leichtes Lächeln umspielte seine Mundwinkel. Ich räusperte mich und sah mich hilfesuchend nach Tessa um. Meine beste Freundin war genauso erstarrt wie ich. Jendrik schwamm an uns vorbei und ich zuckte zusammen, als seine Finger meinen Bauch und die Hüfte streiften. Die Berührung ließ mich erschauern. Sein schiefes Lächeln und das Glitzern in den Augen verrieten mir, dass er das mit Absicht getan hatte und genau wusste, welche Wirkung er auf mich hatte. Verdammter Kerl.

Plötzlich kam ich mir in dem knappen Bikini nackt vor. Jendriks Blick glitt über meinen Hals und die Brüste. Sofort tauchte ich tiefer ins Wasser.

»Verschwinde«, sagte ich.

Tessa kam zu uns. »Ich hatte dir gesagt, dass wir heute einen Mädelstag machen und du dich fernhalten sollst.«

Jendrik blickte weiter mich an, als er ihr antwortete. »Ich war noch nie gut darin, Befehle zu befolgen.«

Er zwinkerte mir zu. Tessa schnaubte.

»Dann bitte ich dich jetzt, uns in Ruhe zu lassen«, sagte ich.

Er kniff die Lippen zu einer schmalen Linie zusammen. »Auch wenn ich so aussehe, bin ich kein Gentleman, Marie.« Wieder strichen seine Finger über meine empfindliche Haut. Mir reichte es!

»Und ich keine Lady«, fauchte ich und zog im selben Atemzug das Knie an. Leider durchschaute Jendrik den Versuch. Er wich aus, lediglich mein Schienbein streifte die anfällige Stelle. Trotzdem keuchte er und entfernte sich ein Stück von mir. Ich nutzte die Chance und begann zu schwimmen, in der Gewissheit, dass er mir nicht nachsetzen konnte. Das war eine Fähigkeit, die mir von meinem früheren Leben als Göttin geblieben war. Kein Mensch schwamm so schnell und gut wie ich. Ich hörte ihn fluchen. Tessa rief nach mir, doch ich durchschnitt das Wasser weiter wie ein Delfin und glitt ans andere Ende. Hinter den Lavafelsen einer kleinen Bucht suchte ich Schutz und blickte mich um. Weder Jendrik noch Tessa waren mir gefolgt.

Erleichtert lehnte ich mich an den Rand und genoss die Hitze. Ich war allein. Lächelnd schloss ich die Augen und schrie erschrocken auf, als mich ein starker Männerkörper gegen die Mauer im Rücken presste.

Ich riss die Lider auf. Schwer atmend ragte Jendrik über mir auf, sein Gesicht wenige Zentimeter von meinem entfernt. Trotz des leichten Schwefelgeruchs über dem Wasser roch ich die Süße in seinem Atem und den herben Duft seiner Haut. Sein Bein hatte er zwischen meine gedrückt. Die Hüfte berührte meine. Wütend funkelte er mich an.

»Du scheinst es ja wirklich nötig zu haben oder ist es allgemein deine Art, dich Frauen derart aufzudrängen?«, zischte ich.

»Nein, das ist eigentlich nicht meine Gewohnheit. Marie. Nur bei dir kann ich nicht anders.« Er ließ mich los und brachte ein wenig Abstand zwischen uns. Fast verzweifelt fuhr er sich mit den Fingern durch die feuchten Haare. »Du bringst meine dunkle Seite ans Licht«, murmelte er verlegen. »Es tut mir leid«, flüsterte er kaum hörbar.

Ich schnaubte. »So bekommst du mich nicht weichgekocht«, knurrte ich und legte alle Wut in meine Stimme. »Die Mitleidstour kannst du dir sparen. Was auch immer du bezweckst, ich bin nicht interessiert.«

Eindringlich sah er mich an. Mir wurde schwindelig. Ich hatte das Gefühl, er konnte jedes meiner Geheimnisse in mir lesen. »Ich sehe so viel Einsamkeit in deinen traurigen Augen«, murmelte er. »Als hättest du mehr erlebt und gesehen, als ein Mensch aushalten und ertragen sollte.«

Ich schluckte trocken. Was ich in seinem Blick sah, verwirrte mich. Da war eine Verbundenheit zwischen uns, die ich mir nicht erklären konnte. Unvermittelt stand kein Fremder mehr vor mir. Welchen Streich spielten mir meine Gefühle da? War ich verrückt geworden? Ich wusste es nicht, nur bei einem war ich mir sicher: Mit ihm verband mich mehr, als mir lieb sein konnte. Meine Atmung beschleunigte sich und auch Jendriks Brustkorb hob sich immer schneller. Ich gab den Widerstand auf, nur für einen kurzen Moment. Da war etwas in seinem Blick, das mich tief berührte. Er sah mich an, wirklich mich. Nicht das Mädchen, welches ich vorgab zu sein. Ein Mann wie er war mir nie zuvor begegnet. Wie war das möglich? Langsam bewegte ich mich auf ihn zu.

Nervös fuhr ich mir mit der Zunge über die Lippen, schmeckte das leicht salzige Seewasser. Seine Augen verdunkelten sich. Jendrik kam mir entgegen, dann lag sein Mund auf meinem. Der Kuss war nicht sanft. Er versetzte jeden Nerv im Körper unter Hochspannung. Schließlich lichtete sich der

Nebel, der mir kurzfristig die Denkfähigkeit geraubt hatte. Ernüchterung sickerte in meinen Verstand.

Bist du wahnsinnig?! Was tust du denn da!?, schalt ich mich.

Ich biss ihm in die Unterlippe. Er stöhnte, wich zurück und ließ mich los.

»Das war es wert«, hauchte er und lächelte, während ihm ein paar Blutstropfen über das nasse Kinn rannen.

Ich versteifte mich sofort. Noch immer spürte ich Verbundenheit, sobald ich ihn ansah und unsere Blicke sich trafen. Ich zitterte. Was hatte ich getan?

»Du weist nicht wer ich bin, Jendrik«, flüsterte ich. »Und wenn du es wüsstest, würdest du das nicht sagen. Halt dich von mir fern.« Er wich weiter zurück und sah mich erschrocken an, als er die Tränen wahrnahm, die in meinen Augen brannten. Ich schluchzte verzweifelt.

»Warum weinst du, Marie?«

»Wenn dir dein Leben lieb ist, dann tust du das nie wieder«, murmelte ich. Ohne auf eine Antwort zu warten, tauchte und schwamm ich zum Hauptgebäude zurück. Die Beine trugen mich kaum, als ich ans Ufer stapfte. Mein Herz pochte wild und die Haut kribbelte überall an den Stellen, wo er mich berührt hatte. Ich stöhnte, schnappte mir den Bademantel und das Handtuch von der Sitzbank und rannte in die Duschräume. Tessa rief erneut nach mir, doch ich lief weiter. Ich musste weg, weg von ihm.

In der Dusche stellte ich mich unter einen eisigen Wasserstrahl. Noch immer spürte ich seine weichen Lippen auf meinen, schmeckte die Süße im Mund und fühlte die Hitze seines Körpers. Die frostige Dusche änderte daran rein gar nichts. Frustriert schrie ich auf und hieb mit der Faust gegen die Wand. Wie hatte ich das nur zulassen können? Was auch immer uns verband, Mutters Fluch würde Jendrik töten und mir die Last eines weiteren Lebens aufbürden, das meinetwegen verloren war. Noch einmal schlug ich mit der Hand gegen die Fließen und schrie.

Eine Frau, die gerade mit ihrer kleinen Tochter den Raum betrat, wich erschrocken zurück. Im nächsten Moment stürmte Tessa herein und riss die Augen auf.

»Bist du verrückt?«, rief sie. Sie drehte das Wasser ab. »Du erfrierst ja, Marie!« Erst jetzt bemerkte ich, dass meine Zähne unkontrolliert aufeinander schlugen. »Deine Lippen sind ganz blau.« Sie stellte die Dusche auf warm. Die Hitze brannte auf der kühlen Haut wie Feuer. Ja, ich sollte für das, was ich getan hatte, in der Hölle verbrennen. Tessa wartete, bis ich nicht mehr zitterte, dann wickelte sie mich in das Handtuch ein und rubbelte mich wie ein Kleinkind trocken.

»Was ist passiert?« Sie strich mir nasse Haarsträhnen aus dem Gesicht.

»Wir haben uns geküsst«, wisperte ich und schloss die Augen.

Ich spürte ihren Blick auf mir. »Und das hat dir gefallen«, stellte sie fest.

Tränen liefen mir über die Wange. »Mehr als das«, flüsterte ich.

Medusa

Ich war nicht wirklich wach, doch ein richtiger Schlaf war es auch nicht. Erschöpfung, Traurigkeit und die Sehnsucht nach Farin und einem Leben erfüllt von Liebe hielten mich Nacht für Nacht in einer Zwischenwelt gefangen. Ich war zu müde, um die Augen offen zu halten, aber zu unruhig für ein tiefes Wegdriften. Ich dämmerte in einem Zustand zwischen wachen und schlafen, in dem mich die sanfte Stimme meiner Mutter stets wieder aufs Neue quälte. Sie saß bei mir, kam jede Nacht zu mir. Ich fühlte ihre Nähe, die ich aus reiner Entkräftung ertrug. Am Tag mied ich meine Mutter, wann immer es ging. Selbst wenn sich eine Begegnung nicht vermeiden ließ, strafte ich sie mit Schweigen und Missachtung. Irgendwie überstand ich die Zeit und schaffte es morgens, trotz des Gefühls, nicht eine Sekunde geschlafen zu haben, aus dem Bett. Allerdings übermannte mich in der Nacht die Erschöpfung. Ich war zu entkräftet, um auch nur die Lider zu öffnen, wenn Gaia sich neben mich setzte. Ich war zu schwach zum Aufbäumen, ausgelaugt von den Tagen, die ohne Farin keinem Sinn entgegenstrebten.

Jeden Morgen stand ich mit meinen Geschwistern im Thronsaal und sah starr dabei zu, wie sie gemeinsam die Barriere erneuerten. Ihr Lied war nicht so heiter wie sonst, die Leichtigkeit in den Gesprächen, die nach dem Ritual folgten, verschwunden. Ihre verstohlenen Blicke hafteten an mir wie Gaias Wachen, die mich unentwegt begleiteten und aufpassten, dass ich keinen Weg aus diesem vermaledeiten Gefängnis fand.

»Ich tue das alles, weil ich dich liebe, Medusa.«

Im Dämmerzustand nahm ich eine sanfte Berührung wahr, einem Windhauch gleich. Mutters flüsternde Stimme riss mich für kurze Momente aus der Lethargie, doch als sich meine Sinne regten und in den Raum tasteten, war da nur die Leere des Zimmers und das Vakuum in meiner Brust, das mich zurück in den Halbschlaf zerrte.

Wochen vergingen, ohne dass ich etwas von Farin hörte oder einem Ausweg nur ansatzweise näher kam. Ich verbrachte die Tage auf dem Boden sitzend im Zimmer und mied die anderen. Mutter hatte ihre Versuche, mich zu den gemeinsamen Essen zu zwingen, aufgegeben. Inzwischen brachten Diener die Mahlzeiten in mein Zimmer. Ich rührte sie kaum an, weil mir der Hunger fehlte. Mein Magen war übervoll mit Kummer. Auch heute klopfte es pünktlich zur Mittagszeit an die Tür. Die Dienerin wartete nicht bis ich antwortete. Sie trat einfach ein, ging zum Tisch und stellte das silberne Tablett darauf ab. Die Suppe dampfte, als sie den Servierdeckel abnahm. Der Duft nach frischen Pilzen lag schwer im Raum. Ich blieb reglos auf dem Boden sitzen und reagierte nicht. Warum auch? Meine Mutter hatte die Macht, mich einzusperren und von Farin fernzuhalten, auf alles andere hatte sie keinen Einfluss.

Die Dienerin stand einige Augenblicke da und blickte mich mitleidig an. Ich sah im Augenwinkel den besorgten Ausdruck in ihrem Gesicht, schließlich ging sie und ich war wieder allein.

Die Pilzsuppe war längst kalt, der Duft verflogen, als ich mich rührte und vom Boden aufstand. Meine Glieder waren steif vom Sitzen. Schwindel ließ mich straucheln. Einen Moment drehte sich das ganze Zimmer. Ich hielt mich an der Bettkante fest und atmete mehrmals tief ein. Dann lief ich zum Tablett und starrte auf die Blumen, die in einer Vase darauf arrangiert waren. Mein träger Verstand brauchte einen langen Augenblick, bis ich mir der verkümmerten, leicht verwelkten gelben Rosen bewusst wurde. Ihre Stiele waren braun statt grün und verbogen wie Schlingpflanzen. Sie hatten armselige Dornen auf der Rinde und die Blüten wirkten matt. Nur ein Mann schenkte mir solche Rosen, Farin!

Ich griff nach dem Bund, nahm ihn aus der Vase, ohne auf die kleinen Dornenspitzen zu achten, die sich in meine Haut bohrten. Plötzlich war die Mattheit verschwunden, mein Herz raste vor Freude. Ich vergrub die Nase tief in die Blüten. Sie rochen nach nichts, auch das war typisch für Farin. Jäh kitzelten mich die zarten Blätter an der Wange und die Stiele begannen sich zwischen meinen Fingern zu winden. Was war das? Erschrocken starrte ich auf die Rosen in meinen Händen, deren Blütenköpfe langsam aufgingen. Ich keuchte vor Schreck und Überraschung. Ein Flüstern drang aus ihnen, eine Stimme, die ich zuerst kaum hörte, die mir aber vertraut war. Ich hielt das Ohr an die Blüten und lauschte Farins Worten.

»Ich finde einen Weg zu dir, Medusa. Das verspreche ich. Wir verlassen die Götterwelt gemeinsam.«

Tränen rannen mir über die Wange, Tränen der Freude. Ich lachte und starrte ungläubig auf den Blumenstrauß. Wie hatte Farin das angestellt? Offensichtlich war er nicht unbegabt, wie Mutter behauptete. Ich drückte die Blumen an meine Brust, schmiegte mich an sie, als wären sie Farin. Jäh stieg mir ein leicht fauliger Duft in die Nase. In Sekunden färbten sich die Stiele und Blüten dunkel, moderten und zerfielen zu verdorrtem Laub, das sich als Häufchen vor meinen Füßen sammelte.

Farins göttliche Fähigkeiten schienen zu wachsen, gleichwohl nicht in der Art, wie es sein Element, die Erde, vorsah. Kurz hatte ich Angst, doch ich war zu glücklich, um die warnende Stimme im Kopf wahrzunehmen. Farin hatte es geschafft, mir eine Nachricht zu schicken. Er hatte Mutter überlistet. Seine Magie wuchs und er wollte einen Weg zu mir finden. Wieder lachte ich. Dann starrte ich auf das Häufchen zerfallenes Laub am Boden. Ich musste dafür sorgen, dass Mutter davon nichts erfuhr und es auch nicht in meinen Gedanken lesen konnte. Ich musste mich weiter verhalten wie bisher. Wenn sie es herausfand, verloren Farin und ich unsere letzte Chance.

Marie

»Und?« Tessa sah mich an. »Wo fahren wir hin?«

Ich trat das Gaspedal durch und lächelte. »Wohin der Wind uns weht«, erwiderte ich und wählte damit Worte, die Farin früher oft zu mir gesagt hatte, wenn ich ihm diese Frage gestellt hatte. Ich blickte zu Tessa, die im Handschuhfach nach irgendetwas kramte. Manchmal vermisste ich meinen besten Freund heute noch, obwohl ich Tessa hatte. Nach all der Zeit fühlte ich kein schmerzhaftes Bohren mehr in der Brust, wenn ich an ihn dachte, nur Wehmut.

»Wir haben zwei Tage, dann müssen wir zum Schiff zurück«, riss sie mich aus meinen Gedanken. Sie faltete die Inselkarte auseinander. »Wir sollten uns Lebensmittel, Decken, Kleider und Kosmetika kaufen. Wenn du mir das heute Morgen auf dem Schiff schon gesagt hättest, hätte ich mehr eingepackt.« Tessa blickte mich an. »Und du bist dir sicher, dass du das machen möchtest?«

»Ich möchte die Insel erkunden«, sagte ich.

»Und einem gewissen Mann aus dem Weg gehen«, entgegnete sie. Ich konnte spüren, dass sie von dem kleinen Abenteuer nicht so begeistert war wie ich.

»Du musst nicht mit, Tessa. Es macht mir nichts aus, allein zu sein.«

Sie brummte. »Ich weiß und genau das macht mir Sorgen.« Mit dem Finger fuhr sie fahrig über die Landkarte. »Wo möchtest du hin?«

»Háifoss«, flüsterte ich. »Nach meiner Flucht aus der Götterwelt habe ich dort viel Zeit verbracht.«

Tessa nickte. »Okay, dann sehen wir uns einen Wasserfall irgendwo in der gottverlassenen Wildnis an.«

Ich lächelte. »Du hast ihn noch nicht in der Weise gesehen wie ich. Lass dich überraschen«, sagte ich. Dann verging mir das Lächeln. »Und ich hoffe, dass die Wildnis gottverlassen ist. Ich verspüre nämlich nicht die geringste Lust, einem der Götter zu begegnen.«

Tessa blickte nachdenklich aus dem Fenster. Sie schwieg und nicht zum ersten Mal fragte ich mich, was sie beschäftigte. Normalerweise gehörte sie nicht zu den Menschen, die viel grübelten. Das war mein Part in unserer Freundschaft, weshalb wir uns so wunderbar ergänzten.

Nachdem ich die blaue Lagune fluchtartig verlassen hatte, war mir der Gedanke, die Insel zwei Tage lang zu erkunden, wie ein Rettungsanker vorgekommen. Mir graute davor, zurück zum Schiff zu gehen und Jendrik zu begegnen. Ich brauchte Abstand, um einen kühlen Kopf zu bewahren und das Gefühlschaos in mir zu entwirren. Tessa hatte das verstanden und war sofort bereit gewesen, mich zu begleiten.

Jetzt saß ich am Steuer unseres Mietwagens und war zumindest ein wenig zur Ruhe gekommen.

Ich hob den Kopf zur Sonne, die hoch am Himmel stand. Fühlte die Wärme auf dem Gesicht und eine andere Art von Hitze auf meinen Lippen. Sie kribbelten von dem verbotenen Kuss. Es kam mir vor, als hätte er mich markiert. Ich fuhr mir mit der Zunge darüber. Das war frustrierend. Ich schüttelte den Kopf und drehte das Radio lauter. Fest entschlossen ihn aus meinen Gedanken zu verbannen. Tessa kreischte, als der Radiomoderator Price Tag von Jessie J. ankündigte. Ihr Lieblingslied. Wir begannen mitzusingen, lachten und für wenige Minuten vergaß ich tatsächlich, was in den letzten Stunden passiert war.

»*Medusa.*«

Die flüsternde Stimme meiner Mutter ließ mich aufschreien. Ich riss das Lenkrad herum und der Geländewagen schlingerte gefährlich über die Fahrbahn. Tessa krallte sich am Türgriff fest.

»Bremsen!«, brüllte sie mich an. »Marie! Bremsen!«

Ich musste mehrmals gegensteuern, dann kam der Wagen quer auf der Straße zum Stehen. Zum Glück war kein anderes Fahrzeug in der Nähe. Meine Finger umklammerten das Steuer derart fest, dass die Knöchel ganz weiß waren. Ich atmete stoßweise. Tessa saß wie versteinert da und starrte entsetzt zur Klippe, die keine zwei Meter neben uns steil nach unten abfiel. Darunter war nur Sand und das Meer.

Ich stellte den Motor ab, zog die Handbremse fest und sackte nach vorn gegen das Lenkrad. Ich ließ den Kopf auf das kühle Leder sinken.

»Was, was ist da gerade passiert?«, flüsterte sie.

Ich schloss die Augen und japste nach Luft.

»Marie?«

»Ich weiß nicht«, sagte ich. »Ich dachte, ich hätte die Stimme meiner Mutter gehört.« Ich hob den Kopf und sah meine beste Freundin an. »Tut mir leid«, murmelte ich.

Sie schluckte und kniff die Lippen zusammen. »Diese Reise war eine bescheuerte Idee.« Sie nahm meine Hand und verschränkte ihre Finger mit meinen. Tessa zitterte. »Ich dachte, es würde dir guttun, das alles nochmal zu sehen.« Sie senkte den Blick. »Stattdessen hast du nichts als Kummer.«

Ich verstärkte den Griff meiner Hand. »Das ist nicht wahr, Tessa.«

Sie hob eine Augenbraue und ein verärgerter Zug lag um ihre Lippen.

»Ja, na gut. Nach so langer Zeit meiner alten Heimat nahe zu sein rührt vieles auf, was ich all die Jahre verdrängen wollte. Trotzdem tut es mir gut, hier zu sein.«

Tessa starrte aus dem Fenster, ich zog an ihrem Arm, um ihre Aufmerksamkeit auf mich zu lenken.

»Du hast nichts falsch gemacht.«

»Aber du hörst Stimmen«, sagte sie verunsichert. »Das ist kein besonders gutes Zeichen, Marie.«

Ich lachte auf, was Tessa mit einem missbilligenden Blick abstrafte. Sie sah mich an, als wäre ich nahe dran, den Verstand zu verlieren.

»Nein, das ist kein gutes Zeichen«, sagte ich. Ich atmete tief durch. Tessa konnte nicht wissen, dass Mutter imstande war, sich mit mir zu unterhalten, ohne dass Menschen sie hörten. Sie hatte es bis jetzt nur nie getan. Zumindest nicht seit meiner Flucht.

Ich sah mich um. Alles, was ich sah, waren die grünen, weiten Flächen der Islands und dunkle Gebirgsformationen, die wie schlafende Riesen das Land durchzogen. Wolkenbänder umflossen die hohen Gipfel. Diese Insel war geheimnisvoll, und zwar im wahrsten Sinne des Wortes. Hier befand sich die Grenze zwischen Menschen- und Götterreich. Es wunderte mich nicht, dass die Einheimischen an Elfen und Trolle glaubten. Vermutlich spürten sie unbewusst die magische Barriere.

»Ich finde, wir sollten zum Schiff zurück«, sagte Tessa und riss mich damit aus den Gedanken.

Ich schüttelte den Kopf, löste die Finger aus ihrer Hand und drehte den Schlüssel im Zündschloss.

»Nein«, knurrte ich. »Ich hab mir die Stimme meiner Mutter nicht eingebildet, Tessa. Sie hat mit mir gesprochen, und es ist mir egal!«, rief ich laut, als ob Mutter mich so besser hören könnte. Dabei wusste ich genau, dass sie jedem Worte lauschte, wo immer ich war. Es spielte keine Rolle, wie weit ich mich von ihrem Reich entfernte. Sie hörte mich, drang in meine Gedanken ein, wann ihr danach war. Ohne göttlichen Kräfte konnte ich nichts dagegen tun. Das Einzige, was mich tröstete, war, dass sie dadurch auch den Hass wahrnahm, den ich jede Sekunde meines Daseins für sie empfand.

Ich legte den Gang ein und fuhr los. »Ich werde mich nicht vertreiben lassen.«

Marie

Tessas Kopf ruhte auf der Sitzlehne und sie blickte aus dem Seitenfenster. Stoisch starrte ich auf die Straße und versuchte an alles zu denken, nur nicht an Mutter. Das war unmöglich. Mein Leben in der Götterwelt war untrennbar mit der Insel verbunden. In der Ferne konnte ich den Eyjafjöll erkennen. Ein Gletscher, unter dessen Oberfläche ein Vulkan brodelte. Mein Gemütszustand kam dem gerade sehr nahe. In der Tiefe lohte Hitze, die sich, wenn der Druck zu stark wurde, einen Weg nach draußen suchte. Der Zorn in mir gärte seit einem Jahrhundert. Es war eine Frage der Zeit, bis er sich an meiner gelassenen Fassade vorbei wühlte oder mich am Ende endgültig zerstörte. Ich wusste, wie ungesund dieser Hass war. Tessa ließ keine Gelegenheit aus, um mich daran zu erinnern.

Ich seufzte und konzentrierte mich auf die Landschaft, die so karg war wie die Oberfläche des Mars und doch vielschichtig. Die spärlichen Flächen wechselten mit dem Stand der Sonne ihre Farben. Jetzt, unter dem feuerroten Abendhimmel, lag ein karminroter Schimmer über allem. Ein eisiger Schauer rieselte mir über die Haut. Der Anblick erinnerte mich an meine alte Heimat. Mein Herz machte einen kleinen Hüpfer und hämmerte in einem wilden Rhythmus weiter.

Egal, wie lange ich unter Menschen lebte, ich gehörte nicht zu ihnen, konnte nicht leugnen, was ich war. Eine Unsterbliche, ausgerechnet *das* hatte sie mir nicht genommen. Alle anderen göttlichen Fähigkeiten waren für immer verloren. Mein Blick glitt zum Fluss, der parallel zur Ringstraße verlief. Ich spürte die Kraft des Wassers. Sie prickelte auf der Haut. Selbst wenn ich alle Sinne darauf verwendete, es war mir nicht möglich, mein Element zu kontrollieren. Die Magie war zum Greifen nah und doch unerreichbar. Genau das hatte mich lange Zeit dazu getrieben, ihm fern zu bleiben, um die Qual erträglicher zu machen.

Ich vermisste die kühle Ruhe, die mir das Wasser als Kind oft geschenkt hatte. Ich vermisste das Gefühl so sehr, dass ich begonnen hatte, das Element zu hassen. Das war ihre subtile Art, mich zu bestrafen. Eines musste ich meiner Mutter lassen: Was sie tat, tat sie gründlich. Sie hatte mir einen Hauch Götterkraft gelassen. Gerade genug, um zu wissen, was ich verloren hatte, und mir einen Fluch aufgehalst, der mir für alle Ewigkeit Zuneigung verwehrte.

Das war also Mutterliebe. Wobei das bei Göttern eh anders lief. Liebe war in meiner Welt nicht dasselbe wie bei den Menschen. Als hätten wir es verlernt oder besaßen nicht die Fähigkeit dazu. Etwas, wofür ich diese Welt immer beneidet und geliebt habe.

»Tessa, schau mal«, sagte ich, als wir das gelbe Ortsschild von Hella erreichten. Die Stadt lag links vom Fluss. Dahinter ragte der Gletschervulkan mit seiner weißen Haube in den wolkenlosen Himmel. Tessa streckte sich, als ich auf den Parkplatz eines Supermarktes einbog.

»Ich war kurz davor, die Armaturen anzuknabbern«, sagte sie theatralisch.

Ich rollte mit den Augen und stieg aus dem Auto. »Hohlen wir, was wir brauchen, und dann ab zum Wasserfall.«

Abrupt blieb sie stehen. »Was!? Hier gibt es doch ein Hotel. Wir können morgen früh hinfahren.«

»Bei Sonnenaufgang müssen wir dort sein, Tessa. Zu keiner anderen Tageszeit ist der Ort auf diese Weise magisch.«

Meine beste Freundin reckte trotzig das Kinn und verschränkte die Arme vor der Brust. Ich lief zu ihr, umarmte sie und flüsterte: »Du hast mich zu dieser Kreuzfahrt überredet, jetzt zieh es auch durch. Ich brauche dich.«

Tessa schnaubte, entspannte sich aber sichtlich und schlang schließlich ihre Arme um mich. »Lass uns einkaufen«, murmelte sie resigniert.

Kurze Zeit später verstauten wir Thermoschlafsäcke, Lebensmittel, Taschenlampen und unzählige Körperpflegeprodukte auf dem Rücksitz.

»Ich glaube, du hast die Kosmetikabteilung leer gekauft«, schmunzelte ich.

»Nach einer Nacht im Schlafsack werde ich noch mehr brauchen, um die Knitterfalten aus meinem Gesicht und diesem Luxuskörper loszuwerden.« Lasziv fuhr sie sich einmal mit den Händen über die Haut. Passanten blieben grinsend stehen, allesamt Männer. Sie starrten uns an und meine beste Freundin zwinkerte ihnen zu. Ich lachte. »Sobald wir wieder an Bord sind, schuldest du mir einen Wellnesstag, Marie.«

Lächelnd packte ich die letzten Getränkeflaschen auf den Rücksitz. Plötzlich hatte ich das diffuse Gefühl, dass mich jemand beobachtete. Die Haut auf meinem Rücken kribbelte, ein warmer Schauer rieselte über den Nacken. Ruckartig drehte ich mich um und sah noch den Schemen eines Mannes, der gerade um die Ecke des Supermarktes verschwand. Ich keuchte, rannte an die Stelle, wo er gewesen war, und blickte an der langen Seite des Gebäudes über eine leere asphaltierte Ladefläche. Hier befanden sich nur die Lieferrampe des Betriebes und eine Nische, in der die Kartonagen lagerten. Ich schüttelte den Kopf. Vor der zweiflügeligen Metalltür des Wareneingangs hing eine massive Metallkette mit einem großen Schloss. Graffiti zierten die Wände. Auf dieser Flanke des Bauwerkes war kilometerweit nichts als Grasland. Niemand konnte sich da verstecken.

»Was ist los?«

Ich fuhr zusammen, als Tessa unvermittelt hinter mir stand und mich ansprach. Erschrocken fasste ich mir an die Brust und lachte kurz auf.

»Nichts«, sagte ich. »Ich dachte, ich hätte jemanden gesehen, den wir kennen.«

Sie spähte um die Ecke. »Wen denn?«

»Jendrik«, murmelte ich.

Tessa verengte die Augen. Sie musterte mich wieder mit diesem seltsamen Blick, als hätte ich nicht mehr alle Sinne beisammen. Womöglich hatte sie recht.

»Ich werde wohl paranoid«, sagte ich und lief zurück zum Auto.

Sie folgte mir nach kurzem Zögern. »Vielleicht ein Mitarbeiter vom Supermarkt?«

»Vielleicht«, entgegnete ich. Wir wussten beide, dass das nicht sein konnte. Das Gefühl, beobachtet zu werden, war verschwunden, aber tief in meinem Bauch breitete sich ein anderes, viel schlimmeres Kribbeln aus. Eine Vorahnung, die nichts Gutes zu bedeuten hatte. Tessa fasste mich am Arm und hinderte mich am Weiterlaufen.

»Ist alles in Ordnung mit dir?«

Ich lächelte matt und befreite meinen Arm vorsichtig aus ihrem Griff. »Natürlich«, log ich und lief um den Wagen herum zur Fahrerseite. Zögerlich stieg Tessa ein. Ich spürte ihren Blick auf mir, ignorierte sie jedoch. Wie sollte ich ihr etwas erklären, das ich selbst nicht verstehen konnte?

Wir fuhren ein Stück auf der gut ausgebauten Ringstraße. Endlich bog ich auf einen nicht geteerten Trampelpfad ab, der das Wort Weg kaum verdiente und steil bergauf führte. Einige Strommasten säumten den Weg.

»Verdammt«, fluchte Tessa. Sie starrte aus dem Fenster auf den Schotterweg. »Das ist kein Splitt, das sind Dolchspitzen.« Sie blickte mich an. »Hast du gesehen, wie scharfkantig diese Monstersteine sind?«

Ich nickte, wobei ich ihre Sorgen nicht teilte. Schließlich saßen wir in einem der besten Geländewagen, die es auf Island gab. Was mich unruhig machte, war die hereinbrechende Dunkelheit. Ich versuchte, die Schlaglöcher zu umfahren, trotzdem wankte der Wagen wie ein Schiff im Sturm auf und ab. Jedes Mal keuchte Tessa neben mir und hielt sich immer verkrampfter an den Armaturen fest.

Milchiges Mondlicht erhellte die weiten Grasflächen. Wir entschlossen uns stehen zu bleiben und die Nacht an Ort und Stelle zu verbringen.

»Du genießt es, mich zu quälen«, brummte Tessa, als sie sich auf der Rückbank in ihren Schlafsack mummelte.

»Das würde mir nie in den Sinn kommen«, schmunzelte ich und blickte aus dem Fenster. Mein Schlafsack lag auf dem Beifahrersitz. Ich war hellwach und von der in Silberlicht getauchten Landschaft derart fasziniert, dass ich die Tür öffnete und ausstieg.

Tessa hob schläfrig den Kopf.

»Wo willst du hin?«

»Ich schaue mich nur ein bisschen um. Bin gleich wieder da.«

Sie nickte und kurz darauf verschwand ihr Gesicht unter dem dicken Daunenschlafsack.

Leise schloss ich die Wagentür. Die Nacht war eiskalt. Ich zog mir gegen den kühlen Wind den Wollschal dichter um den Hals und die Mütze meines Parkas auf den Kopf. Langsam lief ich über den unebenen Grasboden mehrere kleine Hügel empor, bis ich auf einer Erhebung stehen blieb und mich einmal um mich selbst drehte. Einzelne Wolkenbänder wälzten sich am mit unzähligen Sternen übersäten Himmel. Wir hatten Glück mit dem Wetter, normalerweise war Island oft von dicken Wolken verhüllt. Heute glitzerte das Firmament jedoch und Nordlichter tanzten ihren Farbenzauber. Einige hundert Meter entfernt sah ich das Schutzdach über dem alten

Gehöft, das ich von früher kannte. In unserer Zeit erinnerte nur noch das Fundament an den einst bewohnten Ort. Die Hekla hatte alles zerstört. *Hekla.*

Ich erahnte den Vulkan in der Dunkelheit. Das Tor zur Hölle nannten ihn die Einheimischen, als fürchteten sie, dass mehr hinter dem unberechenbaren Feuerberg steckte.

Ja, dachte ich. Es war eines der beiden Tore zur Götterwelt. Der Thrihnukagigur-Vulkan war das andere. Von dort war ich in diese Welt übergetreten. Plötzlich glomm neben mir ein blaues Licht auf. So hell, dass ich mir die Hände vor die Augen hielt. Im nächsten Moment formte sich eine Gestalt aus dem Schimmer und obwohl ein Jahrhundert vergangen war, seitdem ich sie gesehen hatte, erkannte ich sie sofort. Meine Mutter.

Medusa

Wenigstens isst du wieder«, murmelte meine Schwester Themis. Sie saß auf dem Bett, hatte die Hände im Schoß gefaltet und blickte mich abwartend an. Ich nahm eine der tiefblauen Trauben in den Mund und biss hinein. Die Süße breitete sich wohlig auf der Zunge aus. Es waren bereits einige Tage seit Farins Nachricht vergangen. Auch jetzt hatte ich kein Hungergefühl, doch ich musste bei Kräften bleiben, um Mutter von meinen Gedanken abzuschirmen. Ich baute darauf, dass sie die Barriere, die ich um mich errichtet hatte, für Trotz hielt. Solange sie das vermutete, ließ sie mich in Ruhe. Gaia hatte Zeit. Sie glaubte, dass ich mich irgendwann beruhigen und meinen Zorn fallen lassen würde. Da konnte sie Äonen abwarten. Das passierte niemals. Egal, ob es Farin gelang, mich aus dem Tempel herauszuholen und mit mir zu fliehen, oder ich ewig die Gefangene meiner eigenen Mutter blieb. Sie war zu weit gegangen, das verzieh ich ihr auf gar keinen Fall! Der Riss zwischen uns war schon lange fühlbar. Die vergangenen Ereignisse hatten den Graben unüberwindbar gemacht. Ich wollte und konnte ihn nicht mehr bewältigen. Keine Brücke war groß genug.

»Sie hat ihre Gründe, Medusa. Das hat sie immer und ich weiß, sie handelt nicht aus Bosheit, sondern aus Sorge um dich. Warum sprichst du nicht mit ihr? Frag sie nach ihren Motiven. Ich bin überzeugt, sie wird es dir erklären.«

»Ich will sie nicht sehen. Egal, was das für Gründe sind. Sie brechen mir das Herz.« Ich hob den Blick und sah Themis an. »Sag mir, ob du ihr Verhalten für richtig hältst.«

»Da ich nicht weiß, was Mutter dazu treibt, kann ich darüber kein Urteil fällen, Medusa.« Sie seufzte. »Ich finde es nicht richtig, dass ihr beide nicht nachgeben wollt und keinen Schritt aufeinander zugeht. Das geht auch an Mutter nicht spurlos vorbei. Sie sieht müde aus und sie ist traurig.«

»Das tut mir aber leid.« Meine Stimme triefte vor Sarkasmus. Ich nahm die nächste Traube in den Mund und kaute lange.

Themis stöhnte. »Ich sehe schon, auf diese Weise komme ich nicht weiter.« Sie erhob sich vom Bett, kam zu mir und setzte sich vor mich auf den Boden. Ihr blaues Gewand bauschte sich dabei auf wie eine Wolke. Themis hob den Blick und lächelte verhalten. »Habe ich deine Aufmerksamkeit, wenn ich dir erzähle, dass Farin jeden Tag am Tempeltor erscheint und um Einlass bittet?«

Sofort richtete ich mich auf und starrte meine Schwester an. Er war mir täglich so nah und ich hatte nichts davon gespürt, nichts erfahren?

Themis nickte bedeutungsvoll. »Ja, er kommt jeden Tag und wird immer abgewiesen, doch er hinterlässt Geschenke für dich. Blumen, die seltsam verkümmert aussehen, Schmuck und Briefe.« Sie schwieg, sah mich geradewegs an.

Auf diesem Weg waren die Blumen also in meinem Zimmer gelandet. Ich hatte einen Freund in Mutters Tempel, von dem selbst die große Göttin nichts wusste. Ich schluckte hart, brauchte einen Moment, um meine Stimme wiederzufinden. »Hast du ihn gesehen?«

Sie bejahte. »Am Anfang sah er gleichermaßen schlecht und mitgenommen aus wie du. Seine Augen waren rot unterlaufen und aufgequollen vom vielen Weinen. Er klang so verzweifelt. Er hat stundenlang vor dem Tor gestanden und deinen Namen geschrien.« Meine Schwester schloss die Lider. »Es tut mir leid, dass ihr das durchmachen müsst, Medusa.«

Tränen rannen mir über die Wangen. Mein Herz krampfte zusammen. Farin litt ebenfalls und das verschlimmerte meine eigene Qual immens.

Themis schüttelte den Kopf. »Wir konnten dabei zusehen, wie sich sein Leid in Wut wandelte. Er kommt täglich her, doch jetzt steht er da und stiert die Mauern an. Da ist keine Qual mehr in seinem Ausdruck, nur noch bittere Wut. Vor ein paar Tagen habe ich Demeter besucht und traf dabei auf Farin.« Sie umschlang ihren Oberkörper und strich sich über die Arme, als wäre ihr plötzlich kalt. »Derart viel Zorn habe ich niemals zuvor in den Augen eines Gottes gesehen. Sie waren vor Wut dunkel, fast schwarz. Eine Schroffheit ging von ihm aus, die mir Angst machte.«

Ich starrte meine Schwester an. Dann begann ich zu lachen und erhob mich vom Sessel. »Ich hätte nie gedacht, dass sie so weit gehen würde. Versuchst du gerade ernsthaft, Farin schlecht dastehen zu lassen?«

Themis stand auf. Sie schüttelte den Kopf und sah verletzt aus. »Das würde ich niemals tun, Medusa, und Mutter genauso wenig. Ich habe dir nur erzählt, dass dies alles auch an Farin nicht spurlos vorbeigeht. Er hat sich verändert.«

»Kein Wunder«, zischte ich. »Meint Mutter, wir würden das vergessen und mühelos weitermachen? Das verändert uns beide!« Ich trat auf Themis zu, ballte die Hände zu Fäusten. Nicht nur Farin war zornig. Ich war es ebenfalls. »Das werde ich ihr nie verzeihen! Niemals!« Ich zitterte am ganzen Körper, biss die Zähne so krampfhaft zusammen, dass die Muskeln in meinem Kiefer wild zuckten.

Themis senkte betreten ihren Blick. »Es tut mir leid«, flüsterte sie mit Tränen in den Augen. »Ich wollte helfen und habe alles schlimmer gemacht.«

»Geh«, knurrte ich. »Geh und lass mich allein.«

Themis nickte. Ich verharrte und sah ihr nach. Die Wut im Bauch kroch langsam und unaufhaltsam meinen Hals empor bis zur Kehle. Ich wollte schreien, den Druck in mir loswerden, durfte es aber nicht. Das würde Mutter zu mir rufen und im Moment war ich mir nicht sicher, was ich tun würde, um ihr all das Leid, das sie mir und Farin zufügte, heimzuzahlen.

An der Tür blieb Themis stehen und drehte sich zu mir um. »Wir lieben dich, Medusa. Ich hasse es, dich so verletzt zu sehen. Es tut mir unendlich leid. Jetzt habe ich aus deinem Schmerz Zorn gemacht. Das wollte ich nicht.«

Marie

Gaias göttliches Licht umhüllte ihren Körper und erhellte die Nacht. Sie sah genauso aus, wie ich sie in Erinnerung hatte. Wir starrten uns an. Keiner sagte ein Wort. Ich wusste, sie spürte meinen Gedanken nach, und so wie sich ihr Gesichtsausdruck verdunkelte, war sie nicht erfreut über das, was sie sah.

»Was. Willst. Du«, knurrte ich.

Mutter lächelte. Sie lächelte! Ich ballte die Hände, zitterte am ganzen Körper. Mein Herz schlug hart gegen die Brust, dass mich ein leichtes Schwindelgefühl erfasste. Die Gefühlsflut drohte mich zu überrollen. Grollender Zorn durchströmte jede Zelle in mir.

Gaia hob beschwichtigend eine Hand. »Ich möchte mich nur mit dir unterhalten. Gewährst du mir diesen Gefallen?«

»Nein!«, schrie ich. »Du hast dir jedes Recht darauf verwirkt, als du mir den Mann genommen hast, dem mein Herz gehörte. Du hast mich zu einem Leben ohne Liebe verdammt!«

»Ich weiß«, flüsterte sie und senkte den Kopf. Sie wirkte beschämt und aufgewühlt. Ein eisiger Schauer rann mir über die Haut. Ich kannte die Tücke meiner Mutter, wusste, dass sie eine hervorragende Schauspielerin war, durchtrieben bis in den dunkelsten Winkel ihrer Seele.

Sie schüttelte den Kopf. »Nein, Medusa. Ich spiele keine Spiele, das habe ich nie getan. Ich bin heute nicht als Göttin hier, sondern als Mutter, die ihr verlorenes Kind nach Hause bringen möchte.« Sie kam einen Schritt auf mich zu, oder besser gesagt, sie schwebte, denn ihre Füße berührten kaum den Boden. Ich zog mich zurück. Eindringlich sah sie mich an. Ich wich ihrem Blick aus, weil ich das geheuchelte Leid darin nicht länger ertragen konnte. »Ich habe Fehler gemacht, mein Kind. Schlimme Fehler, gleichwohl bin ich auch heute davon überzeugt, dass dein jetziges Schicksal leichter ist als das, was dich erwartet hätte, wenn du bei Farin geblieben wärst. Ich weiß, du glaubst mir nicht«, flüsterte sie. »Mein Handeln war zu deinem Schutz. Trotzdem habe ich große Schuld auf mich geladen. Ich hätte nicht anders damit umgehen können, Medusa. Das war der einzige Weg, dich vor dem, das ich in deiner Zukunft gesehen habe, zu beschützen. Das ist mein Schicksal. Ich behüte die Welten und muss Entscheidungen treffen, die denjenigen, die ich über alles liebe, furchtbares Leid antun. Die Alternative hätte alle Götter und Menschen gleichfalls betroffen und uns in eine dunkle Zeit geführt. Farin war nicht der, für den du ihn gehalten hast, Medusa.«

»Sei still und nenn mich nicht bei diesem Namen! Medusa existiert nicht mehr!«, schrie ich und wich einen weiteren Schritt zurück. »Er ist seit so langer Zeit tot und du tust nach wie vor alles, um ihn schlecht zu machen! Er ist nicht hier, um sich zu verteidigen. Du hast ihn getötet!«

»Ja, das habe ich und ich hoffe, dass ich diese Pflicht, die mir derart viel Schuld aufbürdet, eines Tages wiedergutmachen kann.«

»Was ist das für ein krankes Spiel, das du treibst? Warum quälst du mich? Hast du mich nicht genug gestraft?«

»Medusa, hör mir zu.«

Ich zuckte zusammen, abermals sagte sie diesen Namen. Diesen toten Namen. Fortwährend ignorierte sie meine Wünsche.

»Ich will mein Kind zurück. Ich will dich zurück. Du trägst diesen Hass gegen mich und alle Götter viel zu lange in deinem Herzen. Das kann so nicht weitergehen.« Sie schloss einen Moment die Augen und seufzte leise. »Aus irgendeinem Grund, den ich nicht verstehe, hat sich deine Zukunft nicht geändert. Noch immer sehe ich deinen Tod«, flüsterte sie.

Ich lachte auf. »Deine Visionen sind nicht unfehlbar, Göttin, und das weißt du. Du hättest mit Farin reden sollen. Was er auch falsch gemacht hat, er hätte sich ändern, es besser machen können!«

Meine Mutter fuhr sich in einer verzweifelten Geste mit der Hand über die Stirn. »Ich habe mit ihm geredet, Medusa. Ich habe ihm alle Chancen gelassen. Farin hat sein Schicksal besiegelt. Nichts hätte daran etwas geändert, am Ende hätte ich dich verloren und unsere Welten wären im Chaos versunken. Farin hat sich für einen dunklen Weg entschieden. Er konnte sich nicht als das akzeptieren, was er war. Farin wollte Macht und hat sich, um sie zu erlangen, auf einen gefährlichen Weg eingelassen. Das hat ihn getötet.« Sie kam auf mich zu.

Ich hielt den Abstand zwischen uns aufrecht und wich weiter zurück. »Dich tötet dein Hass, mein Kind. All die Wut, die du in dir trägst. All die Missverständnisse und dein Irrglaube, das wird dich umbringen.«

Ich sah Zweifel in ihren Augen. Sie war sich nicht sicher. »Götter können nicht sterben, Mutter. Dafür müsstest du oder ein anderer Gott mir die Unsterblichkeit nehmen.« Ich stockte. »Ist es das?« Ich sah sie an. Nein, meine Mutter schenkte mir kein sterbliches Leben. Damit würde sie mir ein Geschenk machen und das wusste sie. »Es ist also ein anderer Gott, der mir die Sterblichkeit schenken wird, und du bist hier, um das zu verhindern?«

Sie kniff missbilligend die Lippen zusammen. »Nein, kein Gott würde es wagen, meiner Tochter die Unsterblichkeit zu nehmen.«

»Dann ist wieder einmal jedes Wort aus deinem Mund eine Lüge. Ich bin unsterblich und werde es bleiben.«

Sie sah mich an und ich hatte das Gefühl, dass sie mir einiges verschwieg. »Ich habe Angst um dich, mein Kind. Es zermürbt mich, dass ich es so weit habe kommen lassen, Medusa.«

Ich wollte etwas sagen, aber sie hob die Hand und ich schwieg aus alter Gewohnheit, was mich im nächsten Moment maßlos ärgerte. »Ich bitte dich, überleg es dir. Komm nach Hause. Lass den Hass und den Groll hinter dir und beginne ohne die Last der Vergangenheit ein neues Leben.«

Unwirsch schüttelte ich den Kopf. »Niemals«, fauchte ich. »Verschwinde, am besten für alle Zeiten.«

Das Licht meiner Mutter begann zu flackern. »Das kann ich nicht«, murmelte sie. »Wenn ich das tue, werde ich dich verlieren.« Sie sah mich an, ihre Augen schimmerten und eine Träne rann ihr über ihre Wange. Dann löste sie sich auf, bis nur noch ein kleiner Nebelhauch zurückblieb, den der Wind verwehte.

Ich blieb stehen und starrte in die Dunkelheit, unfähig einen klaren Gedanken zu fassen. Schließlich sackte ich zu Boden, zog die Beine an und sah zu Hekla.

»Du hast mich längst verloren, Mutter«, flüsterte ich.

Konnte ich ihr glauben? Hatte Farin derart an sich gezweifelt, so sehr mit der wenigen Zauberkraft, die er hatte, gehadert? Was hatte er getan? Oder war dies ebenfalls ein kranker Versuch meiner Mutter, ihre Tat zu rechtfertigen?

Viel Zeit war seit seinem Tod vergangen und die Liebe zu etwas Abstraktem geworden, das ich nicht greifen konnte, aber trotzdem zu mir gehörte. Er war mein bester Freund gewesen. Obgleich er mich nicht auf dieselbe Weise geliebt hatte wie ich ihn, sonst hätte ihn der Fluch nicht getötet. Das änderte nichts an der Tatsache, dass wir viel füreinander empfunden hatten. Er hatte mir näher gestanden als meine eigenen Geschwister oder meine Mutter. Manchmal dachte ich Wochen oder Monate nicht an ihn, und doch war er unabänderlich ein Teil von mir. Er war da, ich hatte ihn in all der Zeit nie verloren. Ich wollte einfach nicht daran glauben, dass er den falschen Weg gegangen war.

Mutter würde alles sagen, um mich zurück in die Götterwelt zu bringen. Das hatte sie immer gewollt. Sie wusste, dass ich mich unter Göttern nie wohlgefühlt hatte. Farin war es gleichermaßen ergangen. Gaia war bekannt, dass ich mit ihm weggehen wollte.

Das erste Licht der Morgendämmerung zeichnete sich am Horizont ab, als ich hörte, wie Tessa sich näherte. Meine Glieder waren starr von der nächtlichen Kälte und der Feuchtigkeit, die sich in meine Kleidung gesogen hat.

»Warum sitzt du draußen im feuchten Gras?« Sie kniete neben mir nieder und wimmerte, als ich sie anblickte. Sah ich so schlimm aus? »Was ist passiert?! Du bist kreidebleich und siehst aus, als hättest du die ganze Nacht nicht geschlafen.«

Ich nickte und erhob mich steif. »Meine Mutter war hier. Sie will, dass ich zurückkomme.«

Tessa keuchte und riss erschrocken die Augen auf. »Warum zeigt sie sich dir jetzt, nach dermaßen langer Zeit?«

Ich hob die Schultern und winkte ab. Eine Geste, die gleichmütig wirken sollte, wofür meine Muskeln aber viel zu angespannt waren. »Gaia behauptet, mein Schicksal hätte sich nicht geändert. Sie sieht meinen Tod.«

Medusa

Was aus Liebe getan wird, geschieht immer jenseits von Gut und Böse.

Ich saß mit meinem Lieblingsbuch in der Hand in einer kleinen, mit Schränken abgetrennten Nische von Mutters Bibliothek. Meine Augen huschten über die Zeilen, ich las flüsternd, während ich unter der Hand die leicht erhabenen Buchstaben auf dem Papier fühlte. Ein Leselicht hinter mir erhellte die Textstellen gerade gut genug, damit ich sie sehen konnte. Es war Farins und mein Lieblingsbuch von einem Schriftsteller der Menschen. Friedrich Nietzsche.

»Götter bringen so etwas Eindrucksvolles nicht zustande«, hatte Farin einmal zu mir gesagt. »Wir haben die Ewigkeit für uns, sind aber nicht imstande Worte in dieser Weise zu formen. Unsere Magie schützt die Welten, sie lässt Regenbögen entstehen und Blumenwiesen gedeihen. Die Menschen brauchen das alles nicht. Ihre Magie steckt hier drin.« Er hatte das Buch zusammengeklappt und mir gereicht. Das Exemplar, das ich jetzt in meiner Hand hielt.

Als Kinder hatten wir viel Zeit in der Bibliothek verbracht. Mutter sammelte unzählige Druckwerke aus rein praktischen Gründen. Sie hatte keinen Sinn für all die Geschichten darin.

Sie erfüllten einen Zweck. Wir, ihre Kinder, studierten mit Hilfe der Bücher das Wesen Mensch.

»Alles, was du über ihre Welt, ihr Verhalten, ihre Gewohnheiten und Gesetze wissen musst, findest du hier«, hatte Gaia mir beim ersten Mal, als ich die Bibliothek gemeinsam mit ihr betreten durfte, erklärt. Ein Teil unseres Unterrichtes fand in dem riesigen Saal statt, der sich über mehrere Galerien erstreckte. Vom Erdgeschoss konnte man jede Ebene einsehen, auf denen sich Buchregal an Buchregal reihte, bis hinauf zum gläsernen Kuppeldach, durch das man einen überwältigenden Blick auf den mit regenbogenfarben verklärten Himmel hatte. Eng geschwungene Treppen führten von einer Etage zur anderen. Überall hingen Kronleuchter von den Decken, an denen kleine Kristalle in Blütenform baumelten und das Licht in alle Ecken streuten. Trotzdem war die Bibliothek abends nur mäßig beleuchtet, was ihr eine mystische Atmosphäre verlieh. Über allem lag der Geruch nach altem Papier und Leder. Nirgendwo sonst in Gaias Tempel fühlte ich mich derart wohl wie hier.

Farin hatte mich früher begleiten dürfen, weil wir schon damals unzertrennlich gewesen waren. Er liebte diesen Ort gleichermaßen wie ich. Hier hatten wir uns stundenlang vorgelesen. Versunken in Welten voller Liebe, Schmerz, Freude, aber auch Hass, Gewalt und Tod. Es waren diese Bücher, all die Geschichten und Schicksale darin, die meine Sicht auf unsere eigene Welt verändert hatten. Hier wurde mir bewusst, wie wenig Emotionen Götter miteinander teilten, als würden wir nach so langer Zeit nur noch auf Sparflamme funktionieren. Ich hatte um uns geweint. Still, weil ich Mutter nicht rufen wollte. Wie hätte ich ihr die Tränen erklären sollen? Sie war keine sonderlich emotionale Göttin, im Gegenteil. Sie lebte von uns allen am längsten, hatte sich mit der Tristesse in unserem Dasein abgefunden. Was für eine Ironie, dass ausgerechnet Gaia die buntesten und strahlendsten Landschaften von uns formte. Als ob sie ihre Gefühle dafür verbrauchte. Für mich und meine Geschwister blieb nichts übrig.

Farin hatte mich in den Arm genommen, mir Halt gegeben, als mich die Erkenntnis in den Abgrund gezogen hatte.

»Ich fühle wie du«, hatte er mir zugeflüstert, obwohl ich kein Wort darüber verloren hatte. Er las in mir wie in den Büchern, die uns umgaben. Das war der Augenblick, in dem ich die Liebe für mich gefunden hatte, und jetzt saß ich allein in unserer Nische und weinte wieder still.

Götter waren reich an Macht und trotzdem gab es keine anderen Wesen in dieser Welt, die dermaßen arm waren wie wir. Ohne zu zögern, würde ich die Fähigkeiten gegen ein Leben in Liebe eintauschen. Was brachte mir Magie jetzt? Wir nutzten sie für Alltägliches, mussten uns nie anstrengen. Sie sperrte uns aus den kleinen Dingen aus. Wir wussten Erfolge nicht zu schätzen. Alles war selbstverständlich. Der Tempel, mein Zuhause, war durch Magie erschaffen. Mutter hatte nicht einmal eine Stunde dafür gebraucht und sie veränderte ihn ständig. Die Buntglasfenster mit den Bildern über Gaias Geschichte, die fast jeden Raum säumten, waren nicht anders entstanden. Kein Glasmaler hatte die filigranen

Linien und Farben in wochenlanger Arbeit mit Herzblut auf den Untergrund gemalt und anschließend eingebrannt. Nichts in dieser Welt war durch körperliche oder geistige Tätigkeit erbaut worden. Existenzängste, Armut und der Tod waren uns genauso fremd wie Zuneigung. Meine Mutter behauptete zwar, dass Liebe unsere Familie zusammenhielt, gleichwohl spürte ich davon nichts. Viel schlimmer war, dass ich, wenn ich an Mutter dachte, nichts als Gleichgültigkeit empfand. Wärme, Geborgenheit und Vertrauen fehlten. Ich wollte diese Apathie nicht empfinden, das war, als wären wir bereits tot! Gaia hatte es geschafft, mir die Liebe zu rauben, die für ein Kind das Wichtigste auf der Welt sein sollte, die Gefühle zu ihr.

Geräuschvoll klappte ich das Buch auf dem Schoß zu. Darin ließ ich mir nicht von ihr nehmen! Diese Liebe gehörte mir, nur mir. Ich würde einen Weg aus Gaias Gefängnis finden. In meinem Kopf formte sich ein Plan. Er war riskant und gefährlich. Ich war bereit, das Risiko und die Konsequenzen zu tragen. Was könnte Schlimmeres passieren, als eingesperrt mein Dasein weiter mit dem Sehnen nach dem Liebsten zu verbringen?

Marie

Ein goldroter Lichtstreifen erhellte den Horizont. Die aufsteigende Sonne färbte flauschige Wolkenflocken über uns in unzählige Farbnuancen. Von Rotorange bis hin zu einem warmen Gelb. Dazwischen waren vereinzelte dunkelgraue Wolkenbänder und der blaue Himmel. Ich konnte das Dröhnen des herabfallenden Wassers hören.

»Hetz nicht so, Marie!« Tessa schnaufte schwer und fluchte, weil sie Mühe hatte, mir auf dem unwegsamen Gelände zu folgen. Ich achtete nicht auf den Untergrund. Das scharfkantige Geröll war mir egal und meine nächtliche Besucherin auch. Zumindest versuchte ich mich selbst davon zu überzeugen. Wenigstens kamen wir nicht zu spät am Wasserfall an. Ich blieb mit einigen Metern Abstand stehen. Wassernebel erfüllte die Luft nahe des Beckens. Ich spürte die Feuchtigkeit auf meiner Haut. Sie kribbelte. Das Element spielte mit mir, forderte mich heraus. Ein Ruf, dem ich nicht mehr gehorchen konnte.

Tessa setzte sich schwer schnaufend auf einen breiten Felsbrocken und blickte mich wütend an. »Ich sehe nichts als Geröll, Wasser und mit glitschigem grünen Schlabber überzogene Steine.« Energisch fasste sie sich mit einem Band die Haare zu einem Pferdeschwanz zusammen und fächelte sich mit den Händen Luft zu. »Warum jagst du mich, noch bevor der Tag richtig *hallo* gesagt hat, in diese Schlucht? Ich hab nicht mal einen Kaffee getrunken.« Wieder streifte mich ihr verärgerter Blick. »Meine Laune ist auf dem Tiefpunkt, meine Liebe!«, rief sie, weil ich näher an das Becken gelaufen war, wo ich sie wegen des herabstürzenden Wassers kaum verstehen konnte.

Ich verdrehte die Augen und winkte sie zu mir. »Komm her, bevor die Sonne über dem Tal erscheint!«

Tessa verzog das Gesicht, rutschte aber schließlich vom Felsen und kam zu mir. »Wehe, wenn sich das nicht lohnt«, murrte sie. Ich lächelte, weil ich meine beste Freundin lange genug kannte, um zu wissen, dass sie mit der Übellaunigkeit ihre Sorgen um mich zu überspielen versuchte. »Okay, zeig her und anschließend fahren wir zurück zum Hafen. Wir brauchen dringend ein Rundum-Wellness-Programm und was Leckeres zu essen. Danach falle ich ins Bett und schlafe drei Tage durch.«

Ich schüttelte den Kopf. »Ein paar Stunden und du hast wieder Hummeln im Hintern. Dann jagst du mich zur nächsten Party.« Ich sah zum Kamm auf. Das letzte Dämmerlicht wich und ich konnte den hellen Strahlenkranz des Tagesgestirns am Himmel sehen. Nicht mehr lange und der erste Schein würde sich seinen Weg in die Schlucht suchen.

Ich deutete zum Wasserfall. »Sieh hin«, sagte ich. »Am besten nicht blinzeln, es dauert nicht länger als einige Sekunden.«

Tessa seufzte. Ich starrte in den Schleier aus Wasser, der unermüdlich und mit immenser Kraft die Felskante herabstürzte. Endlich stahl sich Sonnengespinst über die Kuppe. Im Wassernebel leuchtete ein zarter Regenbogen auf. Gebannt blickte ich in den herabfallenden Nebel. Als die Tropfen im Sonnenlicht aufflammten, öffnete sich das Fenster zur Götterwelt.

Tessa keuchte neben mir. Dort, wo gerade noch die Felswand hinter dem Wasservorhang durchgeblitzt war, konnte ich die üppigen, mit blühendem Gras bewachsenen Hügel der Götterwelt sehen. Schneebedeckte Berge und die tiefblauen Seen meiner alten Heimat. Eine farbige Aurora tauchte den Himmel darüber in unzählige Regenbogenfarben ähnlich wie die Polarlichter über Island. Dabei waren die Farben viel kräftiger und kolorierten praktisch immer das Firmament.

Jäh lastete die ganze Welt unendlich schwer auf mir. Nie im Leben hätte ich es zugegeben, doch ein kleiner, nervender Splitter im Herzen sehnte sich nach diesem längst vergangenen Zuhause, nach meinen Geschwistern. Lediglich ein paar Wimpernschläge lang war das Fenster durchsichtig, beim nächsten Blinzeln sah ich wieder nur die Felswand hinter dem Wasser.

»Das war wunderschön«, flüsterte Tessa. »Warum wolltest du von dort weg?«

Ich schloss einen Moment die Augen. »Weil die schönste Heimat nichts wert ist, wenn du wie eine Sklavin lebst«, raunte ich.

»Aber ich dachte, in der Götterwelt sind alle gleich?«

Ich wendete mich ab von der Wasserwand. Der eisige Splitter schmerzte in meiner Brust. Tief einatmend lief ich den Weg entlang zu unserem Wagen. »Nicht als Tochter von Gaia. Meine Mutter hat einen unbändigen Zwang, alles zu kontrollieren. Besonders das Leben ihrer Kinder.« Ein letztes Mal blickte ich zurück zu dem Nebelschleier um das Flussbecken, in den das Sonnenlicht immer noch einen gut sichtbareren Regenbogen zauberte. »Während meine Brüder und Schwestern damit weniger Probleme hatten, hasste ich es, wenn sie über mich und mein Leben bestimmte. Je älter ich wurde, desto mehr wollte ich mich ihr entziehen. Ich widersetzte mich, was sie dazu brachte, mich stärker zu kontrollieren.«

Tessa nahm beim Gehen meine Hand und verschränkte ihre Finger mit meinen. »Du vermisst sie trotzdem, deine alte Heimat.«

Ich schwieg.

»Bei uns kontrolliert dich niemand, Marie. Du bist ihr entkommen.«

Ich schüttelte den Kopf. Ein bitterer Geschmack breitete sich auf meiner Zunge aus. »Ein selbstbestimmtes Leben sieht anders aus, Tessa. Sie hat nach wie vor die Kontrolle über mich, denn sie verwehrt mir das, was das Leben wirklich lebenswert macht. Es mit jemandem zu teilen, den man von Herzen liebt. Eine Familie zu gründen.« Sie öffnete den Mund, doch ich fiel ihr ins Wort. »Mit einem Mann, Tessa. Du zählst nicht.«

Missbilligend kräuselte meine Freundin ihre vollen Lippen. »Na, danke.«

Ich zog sie zu mir und schlang die Arme um ihren Nacken. »Du bist das Wichtigste in dieser Welt für mich. Das weißt du«, flüsterte ich ihr ins Ohr. »Aber leider stehe ich nicht auf Frauen.«

Tessa schnaubte. »Nichts für ungut, ich kuschle mich nachts auch lieber an einen Männerkörper.«

Lachend liefen wir zum Auto, frotzelten weiter, doch selbst wenn ich mit Tessa lachte, spürte ich keine Heiterkeit in mir. Nur die unendliche Schwere, die sich festgesogen hatte und mich nicht loslassen wollte. Jahrhundertelang mühsam verdrängte Gefühle bahnten sich ihren Weg an die Oberfläche und ich wusste nur eines: Ich war nicht stark genug, um sie auszuhalten.

Die Rückfahrt verlief ruhig. Wir hingen beide unseren eigenen Gedanken nach. Die Tage auf der Insel waren schön und schrecklich zugleich. Ein Zwiespalt, der mich innerlich auslaugte. Das war definitiv kein Erholungsurlaub. Ich war sogar ein bisschen erleichtert, als das Kreuzfahrtschiff vor uns am Hafen auftauchte. Ein Beiboot brachte uns zurück zum Schiff, das wegen seiner Größe nicht direkt an einem der Liegeplätze anlegen hatte können. Meine Erleichterung währte nicht lang. Noch während wir im Boot über das Wasser glitten und ich die Gischt betrachtete, die vom Bug aufgepeitscht wurde, hatte ich das Gefühl, beobachtet zu werden. Ich ließ den Blick über die Decks des Schiffes wandern und bemerkte ihn. Der Wind spielte mit seinen blonden Haaren, wehte sie ihm ins Gesicht. Lässig lehnte er an der Reling, die Arme auf dem Geländer und den Oberkörper nach vorn gebeugt. Er lächelte und sah mich derart eindringlich an, dass augenblicklich Gänsehaut meinen ganzen Körper überzog.

Jendrik.

Nach all den Eindrücken und der nächtlichen Besucherin hatte ich verdrängt, welche Komplikation auf dem Schiff auf mich wartete. Im Verdrängen war ich wirklich gut. Nur leider ließ sich dieses knapp eins-neunzig große und etwa achtzig Kilo schwere Problem nicht einfach wegschieben. Dafür war ich gleichermaßen gut im Ignorieren – und genau das tat ich auch. Ich ignorierte sein süffisantes Grinsen, während Tessa ihn mit offenem Mund anstarrte. Nein, das hatte definitiv nichts von Erholung! Einen Moment dachte ich darüber nach, wieder zur Insel zurückzufahren und mit dem Flugzeug nach Hause zu flüchten. Doch ich blieb reglos sitzen, starrte auf die dunkle Wasseroberfläche und wartete, bis das Beiboot am Schiff fest verzurrt war. Ich war längst über den Punkt hinaus, an dem ich vor meinen Problemen fliehen konnte.

»Hab ich erwähnt, wie ich es hasse, kontrolliert zu werden?«, sagte ich zu Tessa. »Der Typ gehört eindeutig zur Kategorie Kontrollfreak«, knurrte ich. Noch immer spürte ich Jendriks brennenden Blick auf mir.

»Quatsch«, murmelte meine beste Freundin. »Der gehört zur Kategorie: Ich bekomme was ich will, und schenke dir dafür genial guten Sex.«

»Tessa!« Verstohlen blickte ich mich im Beiboot um. Zum Glück waren die anderen Passagiere in ihre eigenen Gespräche vertieft. Nur eine ältere Frau mit silbergrauen Haaren und wachen grünen Augen blitzte mich vergnügt an. Ich lächelte verlegen und sprang dem Mann, der uns an Bord half, beinahe in die Arme, weil ich nicht schnell genug aus dem schaukelnden Boot kommen konnte. Ich nahm die kleine Reisetasche, schulterte den Rucksack mit den neuen Schlafsäcken und machte mich gemeinsam mit Tessa auf den Weg vom Heck zu unseren Kabinen. Ich brauchte dringend eine Dusche und Schlaf. Seit dem Gespräch mit meiner Mutter war ich unruhig und hatte kein Auge zugemacht. Auch wenn ich es nicht zugeben wollte, ihr Erscheinen hatte mich aufgewühlt.

»Du hast es ganz schön eilig«, meinte Tessa, die neben mir herlief. »Freust du dich so sehr, wieder auf dem Schiff zu sein?« Tessa blickte mich mit einer hochgezogenen Augenbraue an und rückte die Schulterriemen ihres Rucksacks zurecht. »Willst du nur weg von der Insel oder magst du diesen Kutter, weil sich darauf zufällig einer der heißesten Kerle aufhält, dem wir je begegnet sind?«

Ich verdrehte die Augen. »Ich habe in meinem Leben schon einige hübsche Männer getroffen, Tessa.«

Sie rümpfte die Nase. »Wer redet hier von hübsch? Ich meine den zu Fleisch gewordenen Gott, der dir irgendwo auf diesem Schiff auflauert.«

Abrupt blieb ich stehen. »Nenn ihn nicht Gott, Tessa. Das ist nicht witzig.«

Sie verharrte ebenfalls und drehte sich zu mir um. »Tut mir leid«, sagte sie halbherzig. »Aber du musst zugeben, dass er dem ziemlich nahe kommt.«

Schnaubend lief ich weiter. »Er kommt dem nicht nur ziemlich nahe. Der Typ passte perfekt in die Götterwelt. Er ist ebenso anmaßend, selbstgefällig und nimmt keine Rücksicht auf die Wünsche anderer.« Nicht zum ersten Mal horchte ich in mich hinein, doch die Alarmglocke, die immer schrillte, wenn sich ein Gott in meiner Nähe befand, schwieg. Nein, er war nur ein Mensch.

»Autsch.« Tessa grinste. »Das hat er wohl verdient.«

Sie deutete in den Gang hinter uns und ich erstarrte einen Moment. Dort stand Jendrik und er sah nicht mehr ganz so nonchalant aus wie zuvor, als er uns beobachtet hatte. Seine Hände waren zu Fäusten geballt, die Lippen zu einem schmalen Strich zusammengepresst und er verzog das Gesicht, als hätten ihn meine Worte gerade tatsächlich verletzt.

»Jetzt weiß er wenigstens, was du von ihm hältst«, flüsterte Tessa. »Allerdings tut er mir ein bisschen leid. Er sieht aus wie ein Häufchen Elend.«

Ich lief weiter, musste mich aber zwingen nicht zurückzublicken. »Das ist mir egal. Er ist für mich verbotenes Terrain. Hoffentlich lässt er mich jetzt in Ruhe. Jendrik hat sich die falsche Beute ausgesucht. Nicht er ist der Jäger, sondern ich.«

Tessa schwieg. Ich sah ihr an, dass sie über etwas intensiv nachdachte, und störte sie nicht dabei. Es war nur eine Frage der Zeit, bis sie mir das, worüber sie grübelte, um die Ohren hauen würde.

Wir liefen am Clubrestaurant vorbei, nahmen den Hauptflur zum Treppenhaus und stiegen schließlich in den Aufzug, der uns zu unserem Deck brachte. Ich ließ die Taschen neben meinen Füßen auf den Boden fallen, lehnte mich an die Rückwand des Fahrstuhls und schloss einen Moment die Augen. Allmählich spürte ich den Schlafentzug deutlich. Ein dumpfer

Schmerz pochte in den Schläfen. Ich hatte das Gefühl, meine Gedanken mussten sich erst den Weg durch zähflüssigen Sirup suchen, ehe sie einen Sinn ergaben. Der helle Pington, der uns verkündete, dass wir unser Deck erreicht hatten, schreckte mich auf. Seufzend öffnete ich die Augen und blickte direkt in Tessas Gesicht, die mich fragend musterte. Ich hob eine Braue. Als sie nicht reagierte, bückte ich mich, hob die Taschen auf und lief an meiner Freundin vorbei aus dem Fahrstuhl.

Sie folgte mir. »Trifft der Fluch eigentlich auch Götter?«, platzte sie mit ihren Gedanken heraus.

Meine Schritte gerieten ins Stocken. »Er trifft jeden Mann, der mich nicht auf dieselbe Weise liebt wie ich ihn«, sagte ich nach einigen Sekunden. »Und so, wie ich meine Mutter kenne, trifft es jeden Mann, der nicht ihrer Wahl entspricht.« Ich kramte die Chipkarte aus der Jackentasche. Wir hatten unsere Kabinen erreicht. Erleichterung breitete sich in mir aus, als ich die Karte in den Schlitz an meiner Tür schob. Tessa stand neben mir und beobachtete mich. Sie hatte ihren Rucksack und die Tasche an ihrer Tür abgelegt.

»Wer sagt, dass Jendrik deine Gefühle nicht erwidern würde?«

Seufzend blickte ich zu meiner Freundin. »Warum unterhalten wir uns darüber? Ich bin hundemüde, Tessa.«

Sie spitzte die Lippen. »Wenn dein Fluch ihn nicht tötet, müsstest du nicht für den Rest der Ewigkeit allein bleiben, Marie.«

Ich ließ die Hand mit der Chipkarte sinken und drehte mich vollends zu Tessa um. »Mir ist das Risiko zu groß. Ich will mich nicht auf ihn einlassen und am Ende miterleben müssen, dass er meine Gefühle nicht in derselben Weise erwidert. Ich spiele nicht mit dem Leben eines anderen Menschen. Nicht mehr.«

Tessa nickte. »Das ist der Grund, oder? Der Auslöser für alles. Farin hat der Fluch getroffen, weil er dich nicht geliebt hat. Nicht wie er es dir vorgegeben hat und du glaubst jetzt, dass du es nicht wert bist, geliebt zu werden. Warum auch. Dein ganzes Leben sehnst du dich nach dem einen Menschen, der dir das Gefühl gibt, endlich vollständig zu sein, nachdem deine eigene Mutter das nicht konnte, und dann hintergeht er dich und du musst das auf diese Weise erfahren. Das muss ein schreckliches Gefühl sein. Ich kann verstehen, warum du diese undurchdringbare Mauer um dich errichtet hast. Dennoch ist das kein Leben, Marie. Du hast mir heute deine alte Heimat gezeigt. Sie ist wunderschön! Deine Mutter möchte, dass du zurückkommst. Offenbar bereut sie ihre Taten und wir sollten nicht vergessen, was sie in deiner Zukunft gesehen hat.« Sie fuhr sich mit den Händen über das Gesicht. »Versteh mich nicht falsch. Ich will dich nicht verlieren, nichtsdestotrotz bist du in der Götterwelt sicherer als bei mir. Ich will, dass du lebst und glücklich bist.«

Ich ließ die Tasche in meiner Hand ebenfalls auf den Boden fallen. »Wenn ich zurückgehe, erwartet sie, dass ich einen Gott ihrer Wahl heirate. Ich gebe zu, als wir vorhin am Wasserfall einen Blick in die Götterwelt erhaschen konnten, fühlte ich Sehnsucht. Aber ich weiß auch, dass sich das ändern würde, wenn ich dort wäre. Dieser Ort und seine Bewohner haben nichts Liebenswertes an sich.« Ich sah meiner Freundin in die Augen. »Glaub mir, ein Horizont, der von Göttern bewohnt wird, die aus Langeweile Intrigen spinnen, sich gegenseitig das Leben schwer machen und einzig an sich selbst denken, ist keine Heimat.« Ich nahm Tessas Hand, spielte mit dem schlichten Goldring an ihrem Finger. »Ich kann mich an keinen einzigen Moment in meiner Kindheit erinnern, indem meine Mutter mich in den Arm genommen oder mir gesagt hat, dass sie mich liebt, wie das deine Mutter getan hat, als du ein Baby warst. Gaia hat mich nur umarmt oder mir gesagt, dass sie mich liebt, wenn sie mich bestraft hat.« Ich hob den Blick, sah sie eindringlich an. »Deine Mutter war ganz anders«, flüsterte ich. »Ihr Gesicht war so unglaublich weich, wenn sie dir beim Schlafen zugesehen hat. Ihre Haut hat gestrahlt und auf ihren Lippen lag die Andeutung eines Lächelns. Sie hat dich stundenlang im Arm gehalten und dir vorgesungen. Manchmal hat sie ihre Nase an deine Wange gelegt und tief eingeatmet.« Ich lächelte. »Sie hat mir einmal erzählt, dass du wundervoll nach Baby riechst. Das ist Liebe, Tessa. Bedingungslose Liebe. Etwas, das die Götter in ihrer Eintönigkeit verlernt haben.« Ich hob die Schultern. »Das ist der Preis für die Unsterblichkeit, nehme ich an.«

Tessa schluckte hart. Ihre Augen waren verdächtig feucht, wie jedes Mal, wenn ich von ihren Eltern sprach. »Es tut mir leid«, flüsterte ich. »Aber das ist es, was ich an den Menschen mag. Ich glaube, früher waren wir uns sehr ähnlich. In manchen Dingen sind wir es noch, mit dem Unterschied, dass Menschen wissen, wie wichtig Familie und Freundschaften sind, weil nur sie uns zusammenhalten und uns den Ort schenken, an dem wir uns geborgen fühlen.« Ich atmete tief durch. »Das schönste Zuhause auf Erden.«

»Bis der Tod alles verändert«, wisperte Tessa. Sie sah mich an. »Hier auf der Erde haben die Menschen Angst vor dem Sterben, Marie. Ich hab Angst davor. Das hat mir schon einmal alles genommen. Ich kann dir gar nicht sagen, wie schrecklich es für mich wäre, dich auch noch zu verlieren. Unsterblichkeit ist gar nicht so übel. Die meisten Menschen würden ihre Seele dafür verkaufen.«

Ich nickte. »Und genau das ist der Preis. Im Laufe der Zeit kostet sie uns das, was uns ausmacht.« Ich zog sie in meine Arme. »Du verlierst mich nicht.«

Sie löste sich von mir und rieb sich unwirsch über die Augen. Sie schniefte. »Okay«, murmelte sie. »Du hast mich überzeugt.« Sie lief zu ihrer Tür, fischte die Chipkarte aus der Potasche ihrer Jeans und griff sich ihren Rucksack und die kleine Sporttasche. Tessa öffnete ihre Kabinentür, doch bevor sie eintrat, drehte sie sich zu mir um. »Lass uns nachher abendessen gehen. Ich reserviere uns einen Tisch im Clubrestaurant.«

Ich nickte, entriegelte ebenfalls meine Tür, kickte die Tasche mit dem Fuß unsanft hinein und verschwand in der Sicherheit der Kabine. Tessa war nicht die Einzige, der nach Heulen zumute war. Die Erinnerung an ihre Mutter, die mich damals wie heute so sehr bewegte, dass ich immer wieder ihre Nähe gesucht hatte, schmerzte auch mich zutiefst. Aurelia hatte mir vor Augen geführt, wie es hätte sein sollen, nein, sein müssen. Die Liebe zwischen Mutter und Kind, zwischen Mann und Frau oder einfach demjenigen gegenüber, der gerade deinen Lebensweg kreuzt. Die Zusammenstellung war egal. Was zählte, war, wie wir miteinander umgingen. Tessas Mutter, Aurelia, hatte ein Herz aus Gold. Derart groß, dass die ganze Welt hineingepasst hatte, bis zu jenem Tag, an dem sie mit ihrem Mann bei einem Unfall ums Leben gekommen war.

Seufzend lief ich ins Bad. Auf dem Weg zog ich mir die Kleider aus und ließ sie achtlos auf den Boden fallen. Ich war kein Mensch. Ich war nicht so rein und gut wie Tessa und ihre Mutter. Ich hatte Geheimnisse vor meiner besten Freundin. Da gab es etwas, das ich ihr nie erzählt hatte. In der Nacht, in der ihre Eltern gestorben waren, hatte ich die Anwesenheit einer Göttin gespürt. Meiner Mutter Gaia. Sie war da gewesen. Ich wusste, dass sie all meine Gedanken und Gefühle kannte, die ich in Bezug auf Tessas Familie hatte. Seit jener Nacht nistete dieser kleine, zähe Verdacht in meinem Herzen. Tessas Eltern hatten mich in ihrem Leben willkommen geheißen. Für einige wenige Monate waren sie die Familie, die ich nie hatte. Ich war zum ersten Mal glücklich gewesen, doch dann kam Mutter und alles hatte sich verändert. Ich hatte keine Beweise für meinen Verdacht, keine Anhaltspunkte außer dem einen, dass ich ihre Anwesenheit deutlich wahrgenommen hatte. Sie war in jener schrecklichen Nacht da gewesen und erneut war mein Leben zersplittert. Meines und Tessas, die damals ein kleines Kind gewesen war. Zu jung, um mehr als ein paar Erinnerungsfetzen an ihre Eltern festhalten zu können, was den

Schmerz über ihren Verlust nicht minderte. Ich hatte auf sie aufgepasst, während Aurelia und ihr Mann einen Abend mit Freunden hatten verbringen wollten. Auf der Rückfahrt war ihr Wagen auf einer Landstraße ins Schleudern gekommen, einen Abhang hinuntergestürzt und vollständig ausgebrannt. Was genau vorgefallen war, konnte uns niemand sagen. Warum hatte sich das Auto überschlagen? Warum gab es keine Hinweise, was wirklich geschehen war? Ich wusste, dafür gab es nur eine Erklärung. Hier waren Kräfte am Werk gewesen, die weit über das Verständnis der Menschen hinausgingen.

Ich duschte, um die Erinnerung abzuschütteln, zog mir ein Shirt an und fiel erschöpft ins Bett. Fast im Schlaf hörte ich eine leise Frauenstimme, die ein Lied summte, das mir seltsam vertraut vorkam. Kurz sah ich eine Höhle vor mir. Den Thrihnukagigur-Vulkanschlot, durch dessen Tor ich in diese Welt gekommen war. Ich schüttelte den Kopf. Okay, ich war definitiv vollkommen übermüdet. Jetzt bildete ich mir Stimmen ein und sah Orte, die ich lange hinter mir gelassen hatte. Entkräftet driftete ich in den Schlaf. Wenigstens quälten mich diesmal keine Dämonen.

Stunden später saß ich mit einer entspannten und pausenlos plappernden Tessa beim Abendessen. »Ich hab uns für morgen einen Wellnesstag gebucht. Nach dem Frühstück geht es los«, sagte sie und trank einen Schluck von ihrem Rotwein. »Massagen, Gesichtsbehandlung und Maniküre.« Sie blickte auf meine Finger, mit denen ich gerade die Serviette vom Tisch nahm, um mir den Mund abzuwischen. »Du brauchst es zwar nicht, aber es tut dir bestimmt gut.«

Plötzlich spürte ich ein Kribbeln im Nacken. Die feinen Haare auf meinen Armen stellten sich auf, ein Schauer rann mir über den Rücken. Im nächsten Augenblick trat Jendrik an unseren Tisch. Er hatte lässig die Hände in den Taschen seiner Anzughose. Ein Lächeln umspielte seine Mundwinkel.

»Guten Abend, Schönste.« Er nahm meine Hand in seine. Seine Haut war warm, die Fingerkuppen leicht rau. Er scheute harte Arbeit nicht. Jendrik beugte sich zu mir und hauchte mir einen Kuss auf den Handrücken, dabei ließ er mich keine Sekunde aus den Augen. Seine Lippen waren weich und die Liebkosung jagte mir erneut einen wohligen Schauer durch den Körper.

Jendrik erhob sich. Noch immer hielt er mich fest. Sein Daumen kreiste sacht über meine Haut. »Ich bin froh, dass du wieder hier bist und es dir gut geht«, flüsterte er. Sein eindringlicher Blick war mehr, als ich ertrug. Das hieß wohl, er gab trotz meiner harschen Worte, die er mitbekommen hatte, nicht auf.

Ich entzog mich ihm und senkte den Kopf. Mir hatte es für den Moment die Sprache verschlagen oder was ich mehr vermutete, ich hatte vergessen, wie Sprechen funktionierte. Jendrik hatte eine seltsame Wirkung auf mich. Ich wollte ihn hassen. Ehrlich, aber ich konnte es nicht. Egal, wie sehr er mir mit seinem Verhalten auf die Nerven ging. Da war etwas zwischen uns, das tiefer ging. Etwas, das ich nicht verstand. Als wären unsere Leben miteinander verwoben. Ich konnte mich ihm nicht entziehen. Zumindest nicht, wenn er mir derart nah war wie jetzt. Das hatte ich noch nie erlebt. Nicht einmal Farin hatte meinen Pulschlag dermaßen in die Höhe getrieben wie dieser verfluchte Kerl. Schließlich hüstelte ich und blickte zu Jendrik auf. »Du störst«, sagte ich unmissverständlich.

In seinen Augen blitzte ein Funke, doch er sah mich ernsthaft an. »Das wollte ich ebenso wenig wie deinen Groll auf mich ziehen.«

Tessa räusperte sich, hob ihr Weinglas und trank einen weiteren Schluck. »Darauf trinke ich«, sagte sie. »Setz dich doch einen Moment zu uns und leiste uns Gesellschaft. Ich möchte zu gern deine Abbitte hören.« Herausfordernd hob sie die Augenbrauen. »Ich wette, jemand wie du entschuldigt sich nicht oft.«

»Eigentlich nie«, gab er zu. »Das ist mein erstes Mal.« Dabei wackelte er lasziv mit den Brauen und brachte Tessa damit zum Lachen. Ich verdrehte lediglich die Augen. Männer!

Unter dem Tisch versetzte ich meiner Freundin einen Tritt gegen das Schienbein. Hatte ich gerade noch gedacht, Tessas Redefluss wäre heute Abend mein Glück?

Jendrik war meine Reaktion nicht entgangen. Sein Blick verdunkelte sich einen Moment, bevor er grinste und einen Schritt zurücktrat.

»Ich habe das Gefühl, ich werde noch öfters Abbitte leisten müssen«, sagte er und straffte dabei die Schultern. »Ein anderes Mal esse ich gern mit euch.« Er nickte uns zu und ging, ohne sich umzudrehen.

Ich sah ihm nach, wie er lässig durch die Tischreihen lief und Richtung Beachbar verschwand. Sein Gang war kraftvoll und selbstsicher. Genau das richtige Maß an Präsenz, um alle Frauenblicke auf sich zu ziehen. Ich schüttelte den Kopf. Verdammt, der Kerl verwirrte mich.

Tessa beugte sich vertraulich zu mir.

»Was du vorhin über meine Mutter und bedingungslose Liebe erzählt hast«, sagte sie und riss mich damit vom Anblick der Tür los, durch die Jendrik gegangen war. »Dieser weiche Ausdruck in ihrem Gesicht und das Lächeln auf ihren Lippen, das sehe ich bei Jendrik, wenn er dich ansieht.«

Medusa

Ich stand auf der Dachterrasse des Tempels. Adroma glich mehr einer Stadt. Das Wort Tempel wurde dem Zuhause von Gaia nicht gerecht. Kathedrale, Zitadelle oder gigantisches Schloss mit unzähligen Türmen passte besser.

Momentan hatte die Anlage vierzig Türme und Erker, trotzdem änderte sich die Anzahl täglich, als wäre dieser Ort, ein lebendiges Wesen. Rosen rankten an den Mauern empor. Ihre Blütenstände mit den kräftigen Farben leuchteten, zogen haufenweise Schmetterlinge, Bienen und Hummeln an. Gewaltige Bäume wuchsen in den kleineren und größeren Höfen zwischen den Bauten himmelwärts. Ihr saftiges Grün spendete das ganze Jahr über Schatten.

Einen Winter kannte diese Welt nicht. Lediglich auf den hohen Berggipfeln lag Schnee. Hier brauchte ihn die Natur nicht. Götter kontrollierten das Wachstum aller Pflanzen. Kolibris schwirrten um die Blütenkelche und tranken den süßen Nektar. Ihr buntes Gefieder schimmerte im Licht der Sonne. Ich hörte das Plätschern des Wassers in den vielen Brunnen, die in langen Trassen die Innenhöfe zierten. Steinerne Drachen, Feen, Gnome und Zwerge schmückten die Außenmauern, saßen auf den Dächern und entlang der Wege.

Eines musste ich Mutter lassen: Sie hatte eine Märchenwelt erschaffen. Genau so stellte ich mir die Welten in den Geschichten der Menschen vor. Offenbar hatte Gaia einige davon gelesen. Ich konnte mir nicht vorstellen, dass eine rational denkende Göttin sich das allein ausdachte.

Bis jetzt war mein Plan aufgegangen. Ich stand draußen an der frischen Luft, spürte Sonnenwärme auf der Haut und der warme Wind strich mir durch die Haare. Mein pfirsichfarbenes Kleid bauschte sich um mich auf. Der Duft nach Flieder, Rosen und Gras stieg mir in die Nase. Es war nicht schwer gewesen, Mutter dazu zu bringen, mir einen eigenen Garten wachsen zu lassen. Ich hatte Themis und Rhea bei ihrem letzten Besuch lediglich erzählt, wie eingesperrt ich mich fühlte und wie sehr mir das zusetzte. Mein Schluchzen und Weinen hatte ebenfalls geholfen. Meine Schwestern liebten die Natur gleichermaßen, das taten wir alle. Wir waren Gaias Kinder, das lag uns im Blut. Ich war mir sicher, dass eine der beiden Gaia davon erzählen würde.

Meine List ging auf. Ich stand tatsächlich unter riesigen Magnolienbäumen, zwischen denen weiße und lila Fliederbüsche wuchsen, auf dem Dach unseres Zuhauses. Weit in der Tiefe, auf der Ebene vor dem Tor, würde in einigen Stunden Farin weilen. Noch etwas, das meine Schwestern mir erzählt hatten. Sie hatten beide ein gutes Herz. Ein bisschen plagte mich das schlechte Gewissen. Dann dachte ich an Mutters Worte zurück, dachte an Farin und wie verzweifelt er sein musste, wenn er jeden Abend bis Mitternacht vor dem Tor stand und genau wusste, Gaia würde ihn niemals zu mir lassen, und das schlechte Gewissen war vergessen.

Gemächlich lief ich zur Mitte des Gartens. Hier plätscherte Wasser aus einem steinernen Springbrunnen in ein großes Becken. Darauf schwammen Seerosen. Der Wind kräuselte die Wasseroberfläche. Ich setzte mich an den Rand, tauchte die Hand ins kühle Nass, und ließ das Element um meine Finger fließen. Es kitzelte und neckte mich. *Ja,* dachte ich. *Du wirst mir heute Nacht helfen. Du wirst mich zu meinem Liebsten tragen.*

Ich machte mir nichts vor. Mutter würde schnell bemerken, wenn ich meine Kraft auf diese Weise nutzte. Sie würde versuchen uns aufzuhalten, und wir hatten ihr kein Fünkchen entgegenzusetzen. Doch ich konnte Farin nicht aufgeben. Noch hoffte ich, dass Gaia einsah, dass sie einen Fehler beging. Ich hoffte, dass sie endlich begriff, wie sehr wir uns liebten.

Marie

»Alles in Ordnung, Marie?« Tessa stand auf, kam um den Tisch zu mir und nahm mich in den Arm. »Du bist blass.«

Ich schüttelte den Kopf. »Wundert dich das?« Ich blickte meiner Freundin tief in die Augen. »Wie kannst du das zu mir sagen, obwohl du genau weißt, dass es keine Welt gibt, in der ich eine Zukunft mit Jendrik habe.«

»Es tut mir leid«, flüsterte sie mir ins Ohr. Sie richtete sich auf, nahm meine Hand und zog daran. »Gehen wir an Deck.« Entgeistert starrte ich auf die halbvollen Teller. Tessa winkte ab. »Du isst jetzt eh nichts mehr und mir ist der Appetit ebenfalls vergangen.«

Seufzend erhob ich mich und folgte ihr aus dem Restaurant zum Oberdeck. Wir suchten uns zwei Holzliegen, die abseits standen und legten uns auf die weiche Unterlage. Ich trug nur eine leichte Seidenbluse und einen Rock, der knapp über dem Knie endete, unter dem Parka. Der Wind war kalt, was mich im Moment aber kaum störte. Wir hatten Vollmond. Silbriges Licht erhellte das Schiff, ließ seine weiße Verkleidung leuchten. Wohin ich sah, überall schimmerten Sterne am Firmament.

»Glaubst du, dass es dort draußen andere bewohnte Welten gibt?«

Ich drehte den Kopf in Tessas Richtung, die weiter in den Sternenhimmel blickte. »Du weißt, dass es eine versteckte Götterwelt gibt, und zweifelst daran, das es im Universum noch mehr Leben gibt?« Ich lächelte. »Selbst wenn du, wie alle anderen Menschen, keine Ahnung von den Göttern hättest, glaubst du wirklich, wir sind in diesem unendlichen Kosmos allein?«

»Nein«, sagte Tessa verschnupft. »Wenn man das so betrachtet, dann nicht.« Sie sah mich an. »Alles eine Frage der Definition«, meinte sie.

»Wohl eher eine Frage des Glaubens, Tessa.«

Sie richtete sich auf, stütze sich auf ihrem Ellbogen ab. »Ich glaube daran, dass du den Fluch deiner Mutter brechen kannst.«

Ich setzte mich auf den Rand der Liege und massierte mir einen Moment die Schläfen. »Nur meine Mutter kann den Fluch aufheben«, sagte ich und sah Tessa an.

»Gibt es nichts auf der Welt, was ihn beseitigen könnte?«

Ich schüttelte den Kopf. »In unserer Welt existiert kein Dornröschen. Es gibt keinen strahlenden Ritter, kein Kuss wird mich je erlösen. Im Gegenteil, dieser Kuss reißt mich tiefer in die Verdammnis, als ich es schon bin. Ich habe nach einem Ausweg gesucht.« Ich schnaubte. »Wir reden von Gaia, meiner Mutter. Der Erdgöttin, die alles im Gleichgewicht hält.« Ohne es zu wollen, füllten sich meine Augen mit Tränen. »Du hilfst mir nicht, indem du ständig davon anfängst«, murmelte ich. »Ich habe längst akzeptiert, dass es für mich keine Wahl gibt. Bitte tu mir den Gefallen und fang nicht nochmal davon an.«

Tessa nickte. Sie schluckte hart und wendete den Blick ab. Plötzlich versteifte sich meine Freundin. Sie fluchte. Ich sah in die Richtung, in die sie stierte, und erstarrte ebenfalls. Verdammt, nicht weit von uns lehnte Jendrik am Geländer. Er hatte lässig die Hände in seinen Hosentaschen. Sein Gesicht lag halb im Dunkel, trotzdem erkannte ich, dass er zu uns sah. Ich war mir sicher, dass er jedes unserer Worte verstanden hatte. Tessa erhob sich, als er näher kam.

»Lass uns bitte allein«, sagte er zu meiner Freundin.

Fragend sah sie mich an. Ich nickte knapp und sie baute sich vor Jendrik auf.

»Ich bin da hinten und beobachte dich, also halt die Finger still und sei lieb zu ihr«, knurrte sie.

Er hob eine Augenbraue und lächelte verschmitzt. »War ich je nicht lieb?«

Tessa schnaubte. Sie sah mich an, dann ging sie. Ich spürte Jendriks Blick auf mir, hielt den Kopf jedoch auf seine glänzend schwarzen Schuhe gesenkt.

»Darf ich mich zu dir setzen?«, fragte er schließlich.

Ich nickte. »Ich kann dich ja eh nicht davon abhalten.« Zu meinem Schrecken setzte er sich nicht auf Tessas Liege, sondern direkt neben mich. Ich rutschte von ihm weg.

»Ich habe keine Angst vor dir, Marie«, flüsterte Jendrik. »Ich weiß, wer du bist.«

Hörbar schnappte ich nach Luft. Er hatte uns belauscht. Warum hatte er nicht sofort einen Arzt geholt, um unseren geistigen Gesundheitszustand zu untersuchen, wie es jeder normale Mensch getan hätte? Schwindel erfasste mich.

»Was glaubst du denn, wer ich bin?«, sagte ich und sah in seine Augen, in denen sich der Sternenhimmel spiegelte. *Und wer bist du?,* fügte ich in Gedanken dazu.

»Medusa«, sagte er.

Mir wich alle Farbe aus dem Gesicht. Ich sprang von der Liege, doch er griff nach meiner Hand und hielt mich fest. »Medusa ist tot«, entgegnete ich und riss mich mit ganzer Kraft von ihm los. »Das kannst du unmöglich alles aus unserem Gespräch erfahren haben!«, knurrte ich und wich vor ihm zurück. »Wer bist du?«

Jendrik erhob sich ebenfalls. Schlagartig schrillten in mir alle Alarmglocken. Nicht die, die mir sagten, dass ein Gott in meiner Nähe war, denn weiterhin nahm ich nichts anderes wahr als die Menschen. Trotzdem schrien meine Sinne mir zu, dass dieser Mann in jeder Hinsicht gefährlich war. Ich hatte mich geirrt. Nicht ich war der Jäger.

Er kam zu mir, während ich weiter vor ihm zurückwich, bis ich das kühle Metall der Reling im Rücken spürte. Tessa trat auf uns zu, doch ich schüttelte den Kopf. Jendrik war nicht der, für den ich ihn gehalten hatte. Meine Neugier war geweckt, aber auch mein Argwohn. Ich wollte die Wahrheit erfahren. Hinter mir schäumte sich Gischt um den Bug des Schiffes auf. Dann war er bei mir, seine Wärme umhüllte mich wie ein schützender Kokon. Eindringlich betrachtete er mein Gesicht. Ich atmete viel zu schwer. Sein Blick wanderte vom Hals zu meinen Lippen.

Jendriks Stimme war rau. »Warum trägst du mein Geschenk nicht?«

Ich kniff die Augen zusammen. »Weil die Kette für etwas steht, das ich nicht will«, zischte ich.

Er beugte sich zu mir, war mir derart nah, dass ich seinen Duft wahrnahm. In meinem Magen prickelte Aufregung. Scheiße, roch der Typ gut. Das war berauschend und verwirrend zugleich. Ich sehnte mich so sehr nach ihm und hasste ihn dafür, weil mir in diesen Momenten besonders bewusst wurde, wie allein ich mich in den Jahren gefühlt hatte. Leer und einsam, fernab von allem, was Glück ausmacht. Er rieb mir unter die Nase, was ich niemals haben durfte. Der Fluch stand zwischen uns und baute eine Mauer auf, die wir nicht sehen oder greifen konnten und die doch unüberwindbar war. Ich stieß ihn zurück, versuchte es zumindest.

Jendrik lächelte. »Ich glaube, dass du das sehr wohl möchtest. Das alles. Hast du dir das Schmuckstück richtig angesehen?«, flüsterte er mir ins Ohr.

Ich drückte ihn erneut von mir. Ohne Erfolg! Er griff um mich, hielt sich an der Reling fest und sah mich beschwörend an, dass ich eine Gänsehaut am ganzen Körper bekam. Ich gab es auf, ihn von mir wegschieben zu wollen. Stattdessen starrte ich zurück und schimpfte: »Wer bist du?!«

Plötzlich sah er gequält aus, ich erkannte das Flehen in seinem Blick. »Bevor ich dir das sage, hör mir bitte zu. Ich bin nicht dein Feind.« Härte trat in seine Augen. »Wenn du wegläufst, finde ich dich. Ich bin kein Mann, der ein *Nein* akzeptiert, Marie. Nicht bei dir, denn für das alles gibt es einen guten Grund.«

Okay, unnötig zu sagen, dass er mir langsam echt Angst machte. Ich begann zu ahnen, wen ich da vor mir hatte, wollte mir das aber nicht eingestehen. Ich war nicht imstande mich gegen die Anziehung zu wehren, die er auf mich ausübte. »Red schon, Jendrik. Meine Geduld reicht im Moment nicht sonderlich weit und ich kann dir gleich sagen, dass ich keine Frau bin, die sich zu irgendetwas zwingen lässt«, knurrte ich.

Er lachte und dieses Lachen erreichte nicht nur seine Augen, in denen die Sterne zu tanzen begannen. Es erkämpfte sich dummerweise auch einen Weg mitten in mein Herz. Er hob eine Hand, strich mir sachte eine Haarsträhne hinters Ohr, die mir der Wind immer wieder ins Gesicht wehte.

»Du ahnst nicht, wie sehr ich gerade deinen starken Willen an dir mag«, hauchte er. Jendrik starrte auf meine leicht geöffneten Lippen. Er war mir derart nah, dass ich das Zittern spürte, dass durch seinen Körper lief. Einen Moment dachte ich, dass er versuchen würde, mich zu küssen, doch er kniff die Lippen zusammen und zog sich ein Stück zurück. Erleichtert atmete ich auf.

»Ich bin wie du, Marie«, sagte er schließlich. Er zögerte, beobachtete, wie ich auf seine Worte reagierte. »Ich bin ein Gott.«

Marie

Wo war mein inneres Radarsystem, das mich bis jetzt niemals im Stich gelassen hatte, abgeblieben? Warum hatte ich ihn nicht als das erkannt, was er war? Nur Mutter konnte ihre Anwesenheit vor mir verschleiern, wenn sie das wollte.

»Verschwinde«, presste ich zwischen zusammengebissenen Zähnen hervor. Jendrik wich zurück, blieb aber nahe genug, um mich am Gehen zu hindern. Plötzlich biss mir der kalte Nachtwind in die Haut. Ich fühlte mich wie steifgefroren. Wütend blitzte ich ihn an.

»Hau ab, Jendrik!«

Er reagierte nicht, sah mich stattdessen flehend an. Für wie bescheuert hielt er mich? Es war kein Zufall, dass beide, meine Mutter und dieser Gott, gerade jetzt in mein Leben krachten.

»Was du auch mit meiner Mutter planst, ich mache bei eurem perfiden Spiel nicht mit!«

»Das ist kein Spiel, Marie! Ich bin nicht ihretwegen bei dir. Ich bin hier, weil ich dieselbe Einsamkeit in dir erkenne, die ich seit viel zu langer Zeit mit mir herumtrage. Deine Qual hat mich zu dir getrieben.«

Nein! Ich würde mich nicht von seinen falschen Worten einlullen lassen. Ich holte aus, stieß ihn von mir. Genauso gut hätte ich die Fäuste in eine Betonmauer rammen können. Das Ergebnis wäre dasselbe. Jendrik hatte keinen Muskel bewegt, wohingegen meine Handballen höllisch brannten. Ich schrie vor Wut und Schmerz auf.

»Marie«, sagte er. »Ich bin nicht in Gaias Auftrag hier.« Die Eindringlichkeit in seiner Stimme machte mich krank, fachte meinen Zorn weiter an.

»Eher friert die Hölle zu, bevor ich ein Wort davon glaube!«

Resigniert wich er zurück.

»Geh, Jendrik. Ich will dich nie wiedersehen!« Noch während ich die Worte aussprach, traf mich die Qual meines wunden Herzens. Das dumme Ding bäumte sich dagegen auf, schrie mir zu, ihn nicht wegzustoßen, doch mein Verstand gewann die Oberhand über meine Gefühle. Zumindest lange genug, damit Jendrik die Entschlossenheit im Gesicht registrierte. Sie bröckelte bereits, als er sich umdrehte und mit steifen Schritten das Deck verließ.

Unvermittelt stand Tessa neben mir und nahm mich in den Arm. »Du siehst aus, als wäre der Höllenfürst dir persönlich erschienen.«

»Irgendwie ist das auch so«, murmelte ich. Inzwischen schlotterte ich dermaßen, dass meine Zähne klapperten. »Um genau zu sein, könnte Jendrik Hades sein. Ich hab ihn nicht danach gefragt und der Gott der Unterwelt kann jede Gestalt annehmen, die er möchte.«

»Echt?«

Mit großen Augen starrte sie mich an. Wüst fuhr ich mir durch die Haare, riss daran, bis meine Kopfhaut brannte, um den Schmerz in mir zu übertreffen. »Ja, echt, und es gibt etwas, dass ich dir nie erzählt habe.«

Tessa hielt den Atem an. Ich schluckte, suchte meine Stimme, die plötzlich viel kläglicher klang. »Nach dem Willen meiner Mutter sollte ich einen anderen Gott heiraten. Sie hatte mich ihm bereits versprochen, als Farin noch lebte.«

»Sie hat was?!« Tessas Wangen und ihr Hals röteten sich. Ich konnte dabei zusehen, wie der Zorn ihre Haut verfärbte. »An wen wollte sie dich verschachern?«

»Ich bin mir nicht sicher. Ich glaube, es war Hades«, raunte ich. »Ich hab sie nie danach gefragt, weil ich nicht vorhatte, mit einem anderen Mann als Farin mein Leben zu teilen. Nun ist dieser Gott hier. Das ist kein Zufall.«

Ich deutete in die Richtung, in die Jendrik verschwunden war. Ich zitterte nicht wegen der Kälte. Zumindest nicht nur. Mich erschreckte, wie tief ich mich bereits in Jendriks Fängen verstrickt hatte.

»Uns verbindet etwas«, flüsterte ich Tessa zu. »Als würde ich ihn aus einem früheren Leben kennen, was Blödsinn ist. Das weiß ich selbst. Dennoch ist da eine Vertrautheit zwischen uns, ein Wiedererkennen, Fäden, die uns miteinander zusammenfassen.« Ich blickte Tessa in die Augen, die sich langsam mit Tränen füllten.

»Du glaubst, deine Mutter spinnt das Netz im Hintergrund.«

Ich nickte. »Ich wünschte, ich wäre ihm nie begegnet.«

Wegen der Furcht vor dem Fluch und seinen Folgen hatte ich meine Sehnsucht nach Liebe tief im Herzen eingesperrt. Jendrik hatte sich, mit Gaias Hilfe, durch den Schutzwall gebohrt. Ich hatte ihn nicht als das erkannt, was er war, hatte versucht, ihn vor mir zu beschützen. Wer beschützte mich nun vor ihm? Er hatte mich manipuliert, hatte sich in mein Leben und meine Gedanken geschlichen. Aber erst jetzt, nachdem ich wusste, wer er war, konnte ich mir selbst eingestehen, dass ich mein Herz längst an ihn verloren hatte, und vermutlich hatte ich niemals eine Wahl gehabt. Ich liebte einen Gott!

»Ich hasse dich, Mutter!«, schrie ich Richtung Himmel.

Ich verabscheute die Götter. Sie spielten nach ihren eigenen Regeln, stets darauf bedacht, für sich das Beste herauszuholen, um sich die Ewigkeit erträglicher zu machen. Was für eine Ironie, dass ich mich ausgerechnet in einen von ihnen verliebt hatte. Ich sah meine Mutter vor mir, wie sie sich vor Lachen den Bauch hielt.

»Du hast Gefühle für ihn«, hauchte Tessa, die mich wie ein Habicht beobachtete. Ich musste ihr nicht antworten. Sie wusste es. Sie begann zu lächeln, ihr ganzes Gesicht strahlte. Fragend sah ich sie an. Die Situation hatte nichts Freudiges.

»Du hast dich verliebt und er hat sich nicht in Stein verwandelt, Marie!«

Ich schloss die Augen. Ja, das war mir bewusst, änderte jedoch nichts an dem Chaos in meinem Leben. Er erwiderte meine Gefühle, daran gab es keinen Zweifel. Ich vertraute ihm aber nicht genug, um ihm abzukaufen, dass er nicht im Auftrag meiner Mutter hier war, die mich erst vor ein paar Stunden gebeten hatte, nach Hause in die Götterwelt zu kommen. Das alles schrie geradezu nach Gaias Einfluss.

»Wenigstens muss ich nicht den Tod eines weiteren Menschen verantworten«, sagte ich schließlich. Im Laufe der Zeit waren meinetwegen einige Männer zu Stein erstarrt. In den ersten Jahren war ich zu schwach gewesen, die Einsamkeit zu groß. Keiner dieser Männer hatte mich wirklich geliebt. Es hatte sie am Ende ihr Leben gekostet. Das schmälerte die Schuld nicht im Geringsten. Und jetzt traf ich Jendrik und wieder trieb meine Mutter einen Keil zwischen mich und die Liebe. Sie brauchte nicht einmal einen Fluch dafür. »Ich bin diese Spielchen so leid, Tessa.«

»Was hast du nun vor?« Die Erwartung in ihren Augen war unverkennbar.

»Vergiss das schnell wieder! Ich lasse mich nicht auf ihn ein.«

Sie schnaubte und verschränkte die Arme vor der Brust. »Du hast ihn gehört. Er ist nicht im Auftrag deiner Mutter hier, sondern weil er es möchte. Das ist der Mann, den ich mir immer für dich gewünscht habe, Marie.«

Frustriert drehte ich mich von ihr weg, lehnte mich die Reling. »Was meinst du passiert, wenn ich mich auf ihn einlasse? Er stammt aus der Götterwelt. Das hier ist nicht seine Heimat. Ich gehe nicht zurück und er kann nicht ewig bei den Menschen bleiben und seine Aufgaben vernachlässigen.« Ich blickte aufs Meer, wo sich Mondlicht auf den Wellen brach. »Es gibt keine Zukunft für mich und ihn«, redete ich weiter. Was war hier echt und was nur der Tücke meiner Mutter geschuldet? Welche kranke Masche spielte Gaia mit uns? Die Gefühle waren da, leugnen war zwecklos, dennoch vertraute ich Jendrik nicht. Ich würde ihm nicht nachgeben.

»Ich glaube, er ist genauso einsam wie du«, meinte Tessa. »Vielleicht bist du nicht die Einzige, die sich durch die Unsterblichkeit isoliert fühlt? Was wenn das anderen Göttern ebenso geht und sie nach dem besonderen Partner suchen, der das beendet?« Ich griff nach ihrer Hand. Sie hatte gerade, ohne es zu wissen, einen ersten Riss in meine Entschlossenheit gerammt. Ja, was wenn Jendrik genauso allein war wie ich und er die Wahrheit sagte, was Gaia betraf?

»Ich hab dir als Kind eindeutig zu viele Märchen vorgelesen«, maulte ich. Doch ganz abtun konnte ich ihre Worte dennoch nicht. Der Riss war da.

Die Ewigkeit hatte mich müde gemacht. Meine Tage und Nächte waren verstrichen, ohne dass ich wirklich Anteil an ihnen genommen hatte. Ich war da und war es nicht. Mutter und alle anderen Götter spürten dasselbe. Es hatte ihnen ihre Menschlichkeit geraubt, hatte sie zu dem werden lassen, was ich verabscheute.

Tessa hatte die Veränderung in mir wahrgenommen. Deshalb hatte sie mich zu dieser Reise überredet. Sie wollte, dass ich mich nicht aufgab und zum Teil war ihre Rechnung sogar aufgegangen. Hier musste ich mich mit meiner Vergangenheit auseinandersetzen und war nicht daran zerbrochen. Umso mehr riss jetzt etwas in mir auf.

»Es gibt keine Zukunft für uns«, murmelte ich schließlich.

Tessa strich mir Haarsträhnen aus dem Gesicht, klemmte sie hinter mein Ohr. »Zum ersten Mal bin ich nicht auf deiner Seite, Marie.«

Ich hob den Blick, sah sie fragend an.

»Er hat Gefühle für dich, das sieht ein Blinder. Ich werde nicht zulassen, dass dein Hass auf die Götter und auf deine Mutter dir das nimmt. Du darfst ihn lieben! Der Fluch wird ihn nicht umbringen, was nicht heißt, dass er dich überleben wird.«

»Was soll das bedeuten?«, fragte ich.

Grinsend hob sie eine Braue. »Ich sag nur Vulkan und so. Ich glaube nicht, dass er weiß, worauf er sich einlässt.«

Empört schnappte ich nach Luft und ließ sie stehen. Ihr beschwingtes Lachen folgte mir, bis die Kabinentüre ins Schloss krachte und das Luder aussperrte. Doch zuvor hatte ich noch das Funkeln in ihren Augen gesehen. Meine Freundin hatte Blut geleckt. Wieder einmal war sie auf einer Mission und ihr Ziel war eindeutig, mich und einen gewissen Gott zusammen zu bringen.

Ich entschied mich dafür, sie für den Moment alle zu hassen. Das war leichter, als mir einzugestehen, dass sie recht haben könnte.

Medusa

Ich spürte Farins Anwesenheit, noch ehe ich seinen Schattenriss auf der Wiese sah. Bis jetzt hatte mich niemand hier oben behelligt. Sie ließen mich in Ruhe, selbst die Wachen hatten den Befehl, mich allein zu lassen. Offensichtlich hoffte Mutter, dass sie mich damit besänftigen konnte. Und ich, ich hoffte, dass ihr das, was ich tun würde, endlich die Augen öffnete.

Ich atmete heftig und mein Herz hämmerte wild gegen die Brust, während ich über die marmorne Balustrade hinab sah. Der Himmel über mir flammte im Abendrot. Das Licht tauchte den Garten um mich und die Welt in einen roten Schimmer, der die Schatten dunkler erscheinen ließ als an anderen Tagen. Einen Augenblick kniff ich die Augen zusammen, spürte der seltsam abgründigen Energie nach, die mir von der Wiese entgegenschwebte. Farin war hier, zum Greifen nah, doch etwas begleitete ihn. Etwas, das ich nicht benennen konnte und nie zuvor gespürt hatte. Ich schüttelte den Kopf und lachte gequält auf. So weit hatte Mutter mich schon gebracht. Ich streifte die Zweifel ab, ließ den schmutzigen Mantel, in den meine Familie mich zwängen wollte, fallen. Gelöst atmete ich die frische Abendluft ein. Jetzt musste ich einen klaren Kopf bewahren, musste mich sammeln, sonst scheiterte mein Plan, ehe ich den ersten Schritt gegangen war.

»Ich komme, mein Liebster«, flüsterte ich in den Wind. Schließlich hob ich die Arme zur Seite. Die langen Ärmel des Kleides raschelten im Luftstrom, meine Fingerspitzen zuckten. Ich rief das Wasser aus dem Becken zu mir. Mein Element tanzte um mich, formte eine Blase, in deren Mitte ich stand. Am Horizont tauchte die Sonne gerade hinter den Bergen ab. Ihre letzten Strahlen brachen sich in der Wasserblase, ließen sie glitzern wie Diamanten. Im nächsten Atemzug schwebte ich über der Balustrade. Langsam glitt ich abwärts. Mit jedem Meter, den ich Farin näher kam, kribbelte mein Bauch. Mit klebriger Zunge fuhr ich mir über die Lippen. Mein Mund war viel zu trocken und ich zitterte am ganzen Körper. Ich musste an mich halten, durfte nichts überstürzen.

Erstaunt sah Farin zu mir auf und ich lächelte ihm entgegen. Er blinzelte, schluckte krampfhaft.

»Medusa.« Seine flüsternde Stimme drang durch die Wasserblase an mein Ohr, ließ mich erschauern. Dann war ich bei ihm, die Blase öffnete sich wie eine Blume und das Wasser tränkte um mich herum die Wiese. Sofort war Farin bei mir, zog mich in seine Arme und küsste mich stürmisch.

»Du bist hier.« Er zitterte so sehr wie ich, atmete stoßweise. »Ich lasse nicht zu, dass sie dich mir noch einmal wegnimmt. Du gehörst mir«, knurrte Farin.

Ich weinte in seinen Armen, ließ mich fallen und von ihm halten. »Ich werde nie wieder von deiner Seite weichen, mein Liebster.«

Farin strich mir die Haare aus dem Gesicht, wischte meine Tränen von den Wangen und nickte entschlossen. »Komm. Ich weiß, wie wir durch eines der Weltentore gelangen.« Nervös sah er zum Eingangstor des Tempels.

»Du weißt, dass wir ihr nicht entkommen können. Es gibt keinen Ort, der uns vor ihr schützen kann.«

Farin nahm meine Hand und zog mich mit sich. »Doch, es gibt einen und ich kann uns dort hinbringen.«

Überrascht schnappte ich nach Luft. »Wo?«

Er drehte sich zu mir um. »Das wirst du gleich sehen.« Er lächelte, allerdings erreichte es seine Augen nicht. Sie blieben seltsam leer und ausdruckslos. Was war mit ihm geschehen? »Wir müssen mit meiner Mutter reden, Farin. Ich möchte, dass sie sieht, wie wichtig wir einander sind. Sie soll begreifen, dass wir zueinander gehören.«

Er schüttelte den Kopf. »Wir müssen fliehen. Gaia wird mich niemals als deinen Ehemann akzeptieren. Sie wird alles tun, um dich von mir fernzuhalten. Das hat sie mir selbst gesagt.«

Ich stolperte über einen Ast, der von einem der Apfelbäume am Rand der Ebene abgeknickt war. Farin fing meinen Sturz auf.

»Sie war noch einmal bei dir?«, sagte ich atemlos.

Er nickte. »Sie hält mich für schwach.«

Wir liefen, tauchten zwischen hohen Fichten und Laubbäumen in die Schatten des Waldes. Jetzt, im Dämmerlicht, wirkten sie düster, beklemmend. Nie zuvor hatte ich mich in diesem Wald so gefühlt. Bisher hatte er mich immer willkommen geheißen. Ich schätzte, es lag an dem, was wir vorhatten. Farins Hand krampfte sich um meine. Er spürte mein Zögern. Trotzdem lief ich weiter. Die Erleichterung, ihm endlich nahe zu sein, trug mich voran. Er wählte den direkten Weg zum Torberg. Wir wateten durch niedere Bäche. Unterholz zerriss den Saum meines Kleides. Ich hatte keine Schuhe an, das störte mich normalerweise nicht, doch in dieser Situation fehlte mir die Leichtigkeit, die mich sonst über den Untergrund wandeln ließ. Ich fühlte mich schwer, meine Zehen tauchten drückend ins weiche Moos ein. Steine, Gestrüpp und spitze Dornen kratzten meine Haut. Ich bemerkte die tiefen Risse, die sich aber sofort schlossen.

»Wir sind gleich da, Medusa.«

Wir rannten den steilen Bergpfad nach oben. »Wie hast du die Barriere gefunden, ohne dass meine Mutter davon erfahren hat?« Ich sah hoch zum schneebedeckten Gipfel, der im aufkommenden Mondlicht schimmerte.

»Ich bin stärker geworden. Seitdem deine Mutter uns getrennt hat, habe ich die Zeit, die ich nicht vor dem Tempeltor stand, genutzt und meine Fähigkeiten trainiert. Ich kann sie aussperren aus meinen Gedanken.« Stolz funkelte in seinen Augen, als er mich anlächelte. »Genau wie du.«

Ich presste einen Moment seine Hand. »Farin, das ist wundervoll!« Farin legte den Arm um meine Taille, zog mich zu sich und lief mit mir im Arm weiter. Lachend schmiegte ich mich einen Atemzug an ihn. »Das können nur wenige Götter, nur die mächtigsten«, fügte ich hinzu. Ich blickte ihn an. Heute Nacht wirkten seine braunen Augen dunkel, fast so schwarz wie die Schatten, die uns umgaben. »Wir haben keinen Grund wegzulaufen. Du bist mehr als würdig. Das muss meine Mutter einsehen. Sie wird uns nicht noch einmal trennen.«

»Das Risiko gehe ich nicht ein, Medusa.« Zittrig atmete er ein. »Das überlebe ich nicht.«

Wir hatten den Bergrücken erreicht, auf dessen Weide wir vor ein paar Monaten zusammen gesessen hatten. Farin deutete Richtung Steilwand. Etwa zehn Fuß rechts über der Aue funkelte die Felswand silbern. Wie ein Bogen aus lauter kleinen, schillernden Edelsteinen war die Barriere ins Gestein eingelassen. »Wir waren ihr so nah«, flüsterte Farin. »Als wollte uns deine Mutter damit verhöhnen.«

»Das war nie meine Absicht.«

Ich fuhr herum, als ich Gaias leise Stimme im Wind hörte. Farin versteifte sich neben mir. Im Licht des vollen Mondes sah ich seine Kiefermuskeln zucken. Ich blickte mich um, brauchte aber nicht lange zu suchen. Die helle Aura, die meine Mutter immer umgab, leuchtete in der Nacht wie eine Fackel. Sie stand am Rand des Bergkamms, knapp vor dem Abgrund und betrachtete uns abwartend.

Ich umklammerte Farins Hand, sah ihn mit einem zaghaften Lächeln auf den Lippen an und flüsterte: »Alles wird gut.« Dann wendete ich mich Mutter zu. »Farin ist stark, seine Fähigkeit, Magie zu nutzen, ist gewachsen und sie wird sich weiter entfalten. Ich liebe ihn von ganzem Herzen und möchte mein Leben mit ihm verbringen.«

»Du hast recht.« Sie kam einen Schritt auf uns zu. »Seine Fähigkeiten sind gewachsen, gleichwohl nicht zum Guten.« Sie sah Farin an. »Ich hatte dich gewarnt, Farin. Demeter ist meine beste und teuerste Freundin. Ich wollte nicht, dass es so weit kommt. Ich hatte dich gebeten, dein Schicksal zu akzeptieren. Doch nun stehst du hier und hast dich einer Macht bedient, die wir geschworen haben aus den Welten zu bannen. Sie wird alles ins Chaos stürzen. Das kann ich nicht zulassen.« Gaias Licht flackerte, nur einen Hauch, einen Wimpernschlag lang. Die Göttin war aufgebracht und sie sammelte Energie. Schützend stellte ich mich vor Farin.

»Was soll das, Mutter?«

Sie sah mich einen Moment derart eindringlich an, dass mir eisige Schauer über die Haut streiften. Ich begriff nicht, was zwischen Farin und ihr vorgefallen war, trotzdem ließ ich nicht zu, dass sie uns erneut trennte.

»Du hältst so sehr an deiner Sehnsucht nach Liebe fest, mein Kind. Du liebst in Wirklichkeit nicht Farin, es ist dein Bedürfnis nach wahrer Liebe, das dich zu ihm zieht.« Sie trat einen Schritt näher. Jetzt sah ich die Tränen, die ihr über die Wangen liefen. »Er liebt dich nicht, wie du es verdienst, Medusa.«

Farin schnappte nach Luft und zog mich in seine Arme. »Ich liebe sie mehr als mein eigenes Leben.«

Ich lächelte und küsste ihn flüchtig auf den Mundwinkel.

»Wozu zwingt ihr mich?«, flüsterte Mutter so leise, dass ich die Worte kaum verstand. Sie schwieg lange, sah uns einfach an. Schließlich begann sie zu sprechen. »Ich lasse euch die

Barriere zur Menschenwelt passieren, wenn Farin sich deiner als würdig erweist, Medusa.«

Freudig hüpfte ich neben Farin in die Luft. *Menschenwelt, wir kommen!* Zweifel existierten in meinem Denken nicht. Farin war mein bester Freund, mein Gefährte. Er gehörte zu mir wie die Glieder an meiner Hand. Er war ein Teil von mir. Erst Minuten später sickerte Farins Zurückhaltung in mein Bewusstsein. Er hatte mich losgelassen und starrte Gaia zornig an. »Ich bestehe jede Prüfung, die du mir auferlegst, Göttin.«

Mutter nickte. »Seid ihr euch sicher, dass ihr euch dieser Probe stellen wollt? Noch könnt ihr zurück. Bisher ist nichts geschehen.«

Jetzt trat ich einen Schritt auf sie zu. »Und was ist, wenn wir gehen, ohne deine Prüfung abgelegt zu haben?«

»Daraufhin werdet ihr euch nie wiedersehen.«

Ich schnaubte. »Ich sage dir, was eintreten wird, Mutter. Ich verlasse die Götterwelt gemeinsam mit Farin und werde sie nie wieder betreten. Deine Versuche, mich zu manipulieren, sind mir zuwider. All die Intrigen, langweiligen Gespräche und die Eintönigkeit, mit denen sich Götter zufriedengeben, will ich nicht mehr. Ich will mehr, ich will Leben!«

Ich fühlte den Moment, als meine Mutter die Magie, die sie gerufen hatte, entließ. Nicht, wie ich erwartet hatte, zu Farin, sondern zu mir. Heiß und prickelnd traf mich die Welle, durchdrang meine Zellen, umfing mich.

»Es tut mir leid, mein Kind.« Gaia hauchte mir die Worte mithilfe der Magie ins Ohr. Einen kurzen Augenblick lang war es, als ob sie mich umarmte. Dann hallte die gebieterische Stimme der Göttermutter über die Gipfel der Berge. »Jeder Mann, den du liebst, ob Gott oder Mensch, der deine Liebe nicht im selben Maße erwidert, erstarrt zu Stein, Medusa.«

Farins Schmerzschrei, schärfer als eine Dolchspitze, durchschnitt mein Herz. Sofort rannte ich zu ihm. Er war nach vorn zusammengesunken, umschlang mit seinen Armen den Brustkorb und krümmte sich.

»Farin?!«

»Verzeih mir«, keuchte er.

Ich fiel neben ihm auf die Knie, strich über die kalte Haut seines Gesichts. Er schloss die Lider und öffnete sie nicht wieder. Die Röte aus seinen Wangen wich einer Blässe, die mir eisige Schauer über den Körper jagte.

»Farin. Nein.« Verzweifelt fuhr ich ihm durch die Haare. »Nicht! Nein, das kann nicht sein!« Ich sah zu Mutter, die reglos im Gras stand und zusah, wie Farin vor meinen Augen zu Stein erstarrte. »Hilf ihm!«

Sie senkte den Blick. »Das kann ich nicht«, flüsterte sie mit bebender Stimme. »Ihr habt eure Wahl getroffen.«

Nein! Bitte, das durfte nicht sein. Ich umschlang Farin, presste mich an ihn. Er war viel zu kalt, zu starr. Hilflos schmiegte ich mein Gesicht in seine Halsbeuge, das Ohr nahe der Schlagader. Ganz schwach spürte ich seinen pochenden Puls, der immer langsamer, zögerlicher wurde. Ich zählte die Schläge mit, während ich mich schluchzend an ihm festhielt und sein Körper frostiger und härter wurde. Eins … zwei … drei … vier … fünf … nichts. Ich fühlte ihn, seinen letzten stockenden Herzschlag, es war auch meiner. Mein Herz erstarrte mit Farin. Schreiend kniete ich bei ihm, klammerte mich verzweifelt an die Götterstatue, die aus ihm geworden war. In Wellen strömte der Schmerz in die Nacht hinaus.

Die Qual sammelte sich in meinem Bauch, bis ich beinahe den Verstand verlor. Alle Zuversicht, alle Wärme, meine Zukunft starben in diesem Moment. Ich trug sie mit meinem Liebsten zu Grabe. So, wie Farin mir entglitt, entgleiste mir jetzt die Magie. Zorn, Hass und Verachtung schlugen über mir zusammen. Ich richtete sie gegen meine Mutter.

Meine Mutter! Meine eigene Mutter hatte Farin getötet. Ich küsste noch einmal seine steinernen Lippen, ballte die Fäuste und erhob mich steif. Gaia ließ mich nicht aus den Augen, Wachsamkeit lag in ihrem Blick.

»Hast du gewusst, was passieren würde?«, knurrte ich.

Zaghaft schüttelte sie den Kopf. »Farin hatte einen Weg eingeschlagen, der mir jede Sicht auf seine Zukunft verwehrte.«

»Aber meine kannst du sehen!«

»Das ist meine Bürde, mein Kind. Mein Fluch. Ich muss zum Wohle ganzer Welten handeln. Das Schicksal eines Einzelnen spielt keine Rolle, selbst wenn es sich dabei um mein eigenes Kind handelt. Selbst wenn es mir das Herz bricht. Du wirst es verstehen, sobald du meinen Platz einnimmst.«

»Niemals!«, schrie ich. »Niemals will ich so werden wie du!« Keine Sekunde länger blieb ich in der Götterwelt. Ich sah zu Farin. Der Schmerz, den die Versteinerung ihm bereitet hatte, spiegelte sich deutlich in seinen Zügen. Sein Mund war leicht geöffnet, als wollte er etwas sagen. Der Anblick brannte

Wunden in meine Seele. Risse, die keine Magie der Welt heilen konnte. Sie waren vergiftet und saßen zu tief.

»Ich verlasse diese verfluchte Welt.« Durchdringend sah ich meine Mutter an. »Ich gehe und werde nie wieder zurückkommen. Ich will dich nie wiedersehen. Du bist für mich genauso tot wie Farin!«

»Das werde ich nicht zulassen, Medusa.«

Ihre Worte zerrissen den hauchdünnen Faden Selbstbeherrschung, den ich noch aufbieten konnte. Jäh begann es zu stürmen. Hagelkörner donnerten auf uns nieder, groß wie Äpfel. Sie schlugen Äste von den Bäumen, Grasbüschel stoben vom Boden auf, als die Körner wie Geschosse auf den Untergrund trafen. Glühender Zorn jagte durch meine Adern, er ließ mich zittern. Mein Herzschlag raste, dabei wünschte ich mir nichts sehnlicher, als dass es aufhörte und der Schmerz über Farins Tod mich nicht länger quälte. Ich wollte ihm folgen, ich wollte nicht ohne ihn weiterleben.

Eine kleine Handbewegung Gaias genügte und der Hagel versiegte. Trotzdem riss der Wind am zerfetzten Kleid, nur die Göttin stand in einem Kokon aus Licht unbehelligt vor mir. Sie weinte.

»Medusa«, flüsterte Gaia. »Mein Kind.«

»Du hast dein Kind heute Nacht verloren, Göttermutter. Wenn du mich nicht gehen lässt, werde ich jeden verfluchten Atemzug der Ewigkeit damit verbringen, dir das Leben zur Hölle zu machen. Ich hasse dich!«

Gaia hob die Hand zum Mund und schluchzte. Sie fiel in sich zusammen. »Geh, Medusa, allerdings ohne deine Magie.

Wenn du das Weltentor durchschreitest, wirst du die Göttin zurücklassen.«

»Ich will sie nicht mehr«, hauchte ich und lief los. Ich vermied es, Farin anzusehen, blickte nicht zurück, als ich die Felswand erklomm. Es begann zu regnen, doch diesmal war nicht ich diejenige, die das Wasser gerufen hatte. Immer hastiger tastete ich mich vorwärts. Betäubt vom Schmerz, dem Wahnsinn nah. Schritt für Schritt setzte ich mechanisch einen Fuß vor den anderen. Ich funktionierte. Irgendwie. Aber wie lange noch? Wie viel Leid konnte eine Seele ertragen, bevor sie aufgab?

Marie

»*Medusa!*«

Die verzweifelte Stimme meiner Mutter riss mich aus einem wirren Traum. Völlig verschwitzt und schwer atmend saß ich im Bett. Die leichte Decke hatte sich eng um meine Beine gewickelt.

Erschöpft fiel ich zurück auf die Matratze, barg das Gesicht in den Händen und versuchte die Verstörtheit abzuschütteln. Ein Blick auf die Uhr auf dem Nachttisch ließ mich aufstöhnen. Erst zwei Uhr. Ich hatte gerade mal eine Stunde geschlafen, es kam mir vor, als hätte mich der Albtraum Ewigkeiten in seinen Fängen festgehalten. In der Kabine war es stickig. Ich bekam kaum Luft. Frustriert strampelte ich die Beine frei und lief ins Bad.

Der Spiegel verriet mir, wie schlimm es um mich stand. Ich war blass und hatte dunkle Ringe unter den Augen. Was mich aber am meisten erschreckte, waren meine blauen Lippen. Ich sah aus, als hätte ich zu lange in kaltem Wasser gelegen, dabei war es in der Kabine viel zu warm, fast schon heiß.

Noch immer ließ mich der Traum nicht los, auch wenn ich mich kaum an ihn erinnern konnte. Ich war vollkommen durcheinander. Wasser allein würde mir nicht helfen.

Trotzdem spritzte ich mir das Gesicht nass, band die Haare zu einem losen Zopf zusammen und zog mir eine Stoffhose und einen dicken Pullover an. Ich brauchte frische Luft.

An Deck lief ich ziellos umher, blickte in den Sternenhimmel über mir und versuchte meine Gedanken zu klären. Erst als eine vertraute Männerstimme an die Ohren drang hielt ich inne. Jendrik.

Ich befand mich nahe des Bugs auf dem Oberdeck. Vorsichtig schlich ich mich heran und schielte um die nächste Ecke. Er stand auf dem Deck, zusammen mit einem Mann. Nein, kein Mann, ein Gott, den ich nicht kannte. Sie unterhielten sich murmelnd und Jendrik schien aufgebracht. Mehrmals raufte er sich mit den Händen grob durch die Haare, bis ein wildes Durcheinander seinen Kopf zierte. Das ließ ihn irgendwie verwegen aussehen, was ich hartnäckig zu ignorieren versuchte.

Meine Neugier war geweckt. Über was redeten sie? Ich war zu weit weg, um einen Wortfetzen zu erhaschen. Das war auch gar nicht nötig. Im nächsten Moment versteifte sich Jendrik und beide Männer drehten sich in meine Richtung. Sie hatten mich bemerkt.

Okay, ich konnte mich ertappt zurückziehen und davonlaufen oder zum Angriff übergehen. Ich entschied mich für Letzteres, trat aus dem Schatten der Ecke und lief auf die Götter zu.

»Es ist schon ein unglaublicher Zufall, wie viele von euch in den vergangenen Tagen meinen Weg kreuzen. Ein Jahrhundert lang habt ihr mich in Ruhe gelassen und jetzt bekomme ich die Überdosis ab«, fauchte ich.

Jendrik rührte sich nicht, er betrachtete mich lediglich aufmerksam. Ich wusste, dass ihm meine blauen Lippen und die dunklen Ringe unter den Augen auffielen. Missmutig verzog er den Mund. In seinem Blick lagen Traurigkeit und Sorge. Der andere Gott lächelte dagegen schief und hielt mir die Hand entgegen.

»Hallo, Medusa, ich freue mich, dir endlich in Fleisch und Blut zu begegnen.«

»Hä?« Was war denn das für eine Begrüßung? In Fleisch und Blut? Ich ignorierte die Hand, die er mir nach wie vor entgegenhielt, und sah ihn irritiert an. »Ich heiße Marie.«

Schließlich rührte sich Jendrik. Er ließ seine angespannten Schultern sinken und atmete zischend aus. »Entschuldige bitte, meinem Bruder Morpheus fehlt der Anstand, um sich richtig vorzustellen. Er verbringt zu viel Zeit in Gaias Traumgärten.«

Morpheus! Der Gott der Träume? Jendriks Bruder lächelte verschmitzt.

»Du bist also für meine Alpträume verantwortlich«, sagte ich. Morpheus blickte zu seinem Bruder. Ein stummer Gedankenaustausch, dem ich nicht folgen konnte.

Dafür sickerte allmählich eine andere Erkenntnis in mein träges Gehirn. Vor mir stand der Gott der Träume. Ich starrte die beiden an. Morpheus hatte zwei Brüder. Hypnos, den ich aus der Kindheit kannte, und Thanatos, der Gott des Todes.

»Wer bist du, Jendrik?«, keuchte ich.

Er sah mich an. Wachsamkeit und Sorge spiegelten sich in seinem Blick. »Ich glaube, das weißt du längst«, flüsterte er.

Ich nickte. Hypnos hatte rabenschwarze Haare. Wer ihm zu lange in die fast weißen Augen geblickt hatte, wurde unweigerlich so müde, dass er an Ort und Stelle eingeschlafen war. Ob Gott oder Mensch spielte keine Rolle. Hypnos hatte auf alle dieselbe Wirkung. Jendriks Augen waren dagegen sattgrün wie die Grasebenen von Adroma, der Tempelstadt meiner Mutter.

Unbewusst trat ich einen Schritt zurück. »Du bist also Thanatos.« Das erklärte, warum ich ihn nicht kannte. Ich erinnerte mich lediglich an die Geschichten von dem Gott, der zurückgezogen lebte, nie unter den Menschen wandelte und andere Götter in ähnlicher Weise mied wie ich. Nur zu seinen beiden Brüdern und seiner Schwester Ker hatte er Kontakt. Zusammen sorgten sie für das Gleichgewicht zwischen Leben und Tod.

»Du kommst nicht in die Menschenwelt. Ich kenne dich aus den Erzählungen anderer Götter. Warum bist du jetzt hier?« Ich sah zu seinem Bruder. »Und warum ist er hier?«

Morpheus musterte mein Gesicht. Sein Blick hing geradezu an den dunklen Ringen unter den Augen. »Kannst du dich an irgendetwas aus deinem Traum erinnern?«

Ich schüttelte den Kopf. »Bloß an die Stimme meiner Mutter. Sie hat mich gerufen.«

Thanatos Bruder bewegte sich auf mich zu, ich wich weiter zurück. Letztendlich blieb er stehen. »Jede Nacht schicke ich dir Träume, Gorgone. Du ahnst dein Schicksal bereits. Deshalb schläfst du kaum. Aber du wehrst dich gegen die Göttin in dir. Seit Monaten warne ich dich, trotzdem nimmst du meine Botschaften nicht an. Wie ein Mensch verdrängst du alles nach dem Erwachen und vergisst, was ich dir gezeigt habe.«

Ich ballte die Fäuste. »Gerade du solltest wissen, warum ich mich lieber an keinen meiner Träume erinnere«, fauchte ich.

Er nickte und sah mich einen Moment betreten an. Dann sah er zu Thanatos, dessen Kiefermuskeln angespannt zuckten. »Mein Bruder beobachtet dich, seitdem du die Götterwelt verlassen hast. Ich weiß, zuerst tat er es aus Mitgefühl für das, was dir widerfahren ist. Doch im Laufe der Zeit änderte sich das.« Morpheus wendete sich zu mir um. »Er hat sich in die starke Frau verliebt, die aus dir geworden ist. Die einsame Seele, in der er sich wiederfindet.«

Ich starrte zu Thanatos, der sich von uns abgewandt hatte und aufs nachtschwarze Meer sah.

»Ob Gott oder Mensch, der Mann, den du liebst und der deine Liebe nicht im selben Maße erwidert, erstarrt zu Stein.« Morpheus sah mich abwartend an. »Du hast Gefühle für meinen Bruder und trotzdem steht er vor dir und ist am Leben.«

»Ich bin nicht dumm, Morpheus«, zischte ich.

»Was hält dich dann davon ab, ihm in die Arme zu fallen?«

Ich umschlang meinen Oberkörper, senkte den Blick. *Das Misstrauen,* dachte ich. Ich misstraute den Göttern zutiefst, hasste sie für ihre Lebensweise. Sie füllten ihre Welt mit Gleichgültigkeit. Wie sollte ich einem von ihnen vertrauen?

»Vielleicht ist er mir nicht so wichtig, wie du denkst«, erwiderte ich.

Morpheus lachte. »Ich kenne deine Träume. Schon vergessen?« Der Idiot grinste mich an. Für einen Atemzug hatte ich das dringende Bedürfnis, ihn zu schlagen. Meine Haut rötete sich vor Zorn.

»Morpheus!«, warnte ihn Thanatos.

Der Gott der Träume räusperte sich, dann sah er mich eindringlich an. »Warum glaubst du, lebt mein Bruder zurückgezogen von den anderen Göttern?«

Ich hob die Schultern. Darüber hatte ich mir nie Gedanken gemacht. Warum auch? Ich hatte im Moment eher Mühe, mich auf das Wesentliche zu konzentrieren, denn ich hatte noch etwas anderes aus Morpheus Worten herausgehört: Thanatos hatte mich ein Jahrhundert lang beobachtet! Ich wusste nicht, ob mir das schmeicheln sollte.

Morpheus seufzte und schüttelte den Kopf. »Sieh einmal über deinen verletzten Stolz hinweg«, tadelte er mich. Das fachte meinen Zorn jedoch stärker an, was der Gott vor mir mit einem wütenden Zungenschnalzen quittierte. Ich war offenbar viel zu leicht zu durchschauen.

»Ihr passt wunderbar zusammen«, knurrte Morpheus. »Thanatos hasst genau wie du, was aus den Göttern geworden ist. Ihr zwei seid euch ähnlicher, als du denkst. Wir sind hier, weil er deinen Tod gesehen hat. Wir wollen dir helfen und dich beschützen, aber das können wir nur, wenn du uns lässt«, brummte er.

Ich sah zu Thanatos. Er hatte mich also ebenfalls sterben sehen. Hatte er sich mit meiner Mutter abgesprochen oder war das wirklich die Wahrheit? Seltsamerweise glaubte ich ihm. In seinen Augen sah ich nichts als Sorge und Angst. Trotzdem wollte ich es ihm nicht dermaßen leicht machen.

»Wie schaffst du es, deine wahre Identität so gut vor mir zu verbergen und warum interessieren sich plötzlich so viele Götter für mein Schicksal? Es war euch bisher egal, also was hat sich geändert?«

Thanatos war sofort bei mir. Erschrocken schnappte ich nach Luft. Er fasste mich an den Oberarmen. Nicht grob, dennoch so fest, dass ich mich ihm nicht entwinden konnte. »Ich liebe dich, das ist passiert. Und auch wenn du das nicht hören willst, deine Mutter liebt dich ebenfalls. Ich kann dich nicht verlieren, Marie. Das darf nicht geschehen!«

Den Satz mit meiner Mutter ignorierte ich. An sie wollte ich nicht denken. Meine Gefühle fuhren ohnehin schon Achterbahn mit mir. Mein Magen war zu einem eisernen Knoten zusammengeschrumpft. Das war doch nicht zum Aushalten mit den verdammten Göttern.

»Ist dir bewusst, was es für Thanatos bedeutet, wenn du stirbst?« Die Dringlichkeit in Morpheus' Stimme riss mich aus meinem Gefühlschaos.

»Er wäre derjenige, der mich Hades übergeben müsste«, flüsterte ich.

Thanatos' Griff um meine Arme wurde fester. Er schloss die Augen und atmete heftig. Erschrocken sah ich zu ihm auf.

»Genauso ist es«, sagte der Gott der Träume. »Er müsste die Frau, die er liebt, der Unterwelt überlassen. Das würde ihn zerstören, Gorgone.«

Thanatos öffnete die Augen. Sein Blick drang so tief in meinen, dass mein Herz zu flattern begann. Es schien genau zu wissen, was er wollte, während in meinem Kopf ein heilloses Durcheinander herrschte. Vor mir stand endlich ein Mann, zu dem ich mich hingezogen fühlte und dem ich ebenfalls wichtig war. Trotzdem warnte mich die Vernunft davor, etwas zu überstürzen, aber herrje, ich sehnte mich seit Ewigkeiten nach Liebe und hier war sie, zum Greifen nah! Ich schluckte hart. Der Kampf in mir ließ mich zittern und dann trug der Wind Thanatos' leise Stimme an mein Ohr. »Ich würde mit dir zu Hades reisen. Ich würde dein Schicksal teilen. Keine Sekunde möchte ich in einer Welt leben, in der du nicht existierst.«

Ach verdammt, wer hörte schon auf die Vernunftstimme?! Bebend atmete ich ein, um mich daran zu hindern, ihm sofort in die Arme zu fallen. Seine Worte brachten tief in mir etwas zum Klingen. Vielleicht war es die Göttin, vielleicht auch nur die lange Zeit der Einsamkeit. »Dafür, dass Götter angeblich unsterblich sind, ist der Tod in meinem Leben sehr präsent.«

»Wir sind unverwundbar, Marie. Wir haben lediglich die Zeit besiegt, nicht den Tod. Das ist eine Schlacht, die niemand von uns gewinnen kann. Dein Vater nicht und du auch nicht.«

»Schwöre mir, dass du nicht im Auftrag meiner Mutter bei mir bist. Wenn du etwas mit ihr zu tun hast, sag es mir jetzt.«

Einen Herzschlag lang huschten unzählige Emotionen über seine Züge, spiegelten sich in seinen Augen. Thanatos umfasste mein Gesicht mit den Händen. Er erbebte. »Du allein bist der Grund, warum ich hier bin«, murmelte er. Dann senkte er den Blick auf meine Lippen. Ich ahnte, was er vorhatte, aber er hielt sich zurück. »Ich weiß, dass da Gefühle sind, Marie. Hör auf dein Herz und denk nicht so viel nach.«

Ach verflucht! Er bot einen herzzerreißenden Anblick, mit seinen verwuschelten Haaren, der Unsicherheit und dem Verlangen, das über sein Gesicht huschte. Ich fühlte mich begehrt und vollkommen durcheinander. Keine gute Mischung, um bei klarem Verstand zu bleiben.

Nervös kaute ich auf der Unterlippe. Noch immer fochten mein Herz und mein Hirn miteinander. Sachte ließ er die Daumen über meine Wange kreisen. Seine Fingerkuppen waren warm und rau. Ich schloss die Augen und seufzte leise.

Jäh zog er mich zu sich. Als ich seine Lippen auf meinen spürte, keuchte ich erschrocken auf und versteifte mich kurz in seinen Armen. Thanatos zitterte am ganzen Körper vor Anspannung, trotzdem ließ er sich Zeit und mir die Gelegenheit, mich an die ungewohnte Nähe zu gewöhnen. Schließlich erwiderte ich seinen Kuss.

Wie nur hatte ich so lange darauf verzichten können und nicht vor Sehnsucht den Verstand verloren?

Feuer! Jede Zelle in mir brannte. Thanatos' Lippen waren weich. Ich schmeckte die Schwere des Weins, den er getrunken haben musste, auf seiner Zunge. Er stöhnte und zog mich noch enger an sich.

»Ähm, ich lasse euch besser mal allein«, hörte ich Morpheus' amüsierte Stimme. Ich fühlte das leichte Kribbeln auf der Haut, als er sich in einer Dunstwolke auflöste. Kurz blitzte helles Licht vor meinen geschlossenen Augen auf, dann wurde es wieder dunkel. Ich stand mit dem Gott des Todes auf dem Oberdeck eines Kreuzfahrtschiffes und wusste nicht, ob ich je damit aufhören konnte, ihn zu küssen. Zum ersten Mal, seit ich die Götterwelt verlassen hatte, spürte ich eine Art Glück im Herzen aufkeimen. Plötzlich war da eine Zukunft, in der ich nicht für alle Zeit allein sein musste.

Mit jeder Berührung von ihm löste sich der Knoten in meinem Magen ein Stück. Ich fühlte mich leicht, fast schwerelos. All der Ballast, der mich lange niedergedrückt hatte, fiel ab.

Ich war Marie, das Mädchen, das sich in einen Gott verliebt hatte und Hoffnung schöpfte.

Marie

»Du bist still, Medusa.« Thanatos zog mich enger in seine Arme. Wir hatten uns auf eine der vielen gepolsterten Liegen nahe des Pools gelegt. Er hatte eine Decke geholt, in die wir uns gemeinsam eingewickelt hatten. Die Nacht war kühl und sternenklar.

»Nenn mich bitte nicht so. Medusa gibt es nicht mehr. Ich bin Marie.«

»In Ordnung, Marie.« Er küsste mich aufs Haar. Ich spürte seinen Blick, konnte mich aber nicht dazu durchringen, ihn anzusehen. Stattdessen starrte ich auf die Wasseroberfläche im Pool, in der sich der Mond spiegelte und das Wasser sachte im Wind kräuselte. Wie sollte ich ihm erklären, was gerade in mir vorging? Ich war berauscht von dem Hochgefühl, das seine Nähe in mir auslöste. Gleichzeitig war da ein quälendes Stechen in meinem Herzen, das sich, je länger ich bei ihm blieb und seine Zärtlichkeiten genoss, verschlimmerte.

Schuldgefühle.

Thanatos weckte Emotionen in mir, die ich nicht einmal für Farin empfunden hatte. Zumindest fühlte es sich nach der langen Zeit, die vergangen war, so an. Das nervöse Kribbeln in der

Brust, wenn er mich berührte. Die Wärme, die mich bei jedem Kuss durchströmte, und dieses wohlige Gefühl im Kopf. Glück! Ich war zum ersten Mal nach Farins gewaltsamen Tod wieder glücklich und hatte deshalb ein schlechtes Gewissen. Farin war meinetwegen gestorben. Meine Liebe zu ihm hatte ihn das Leben gekostet. Ich hatte kein Recht glücklich zu sein, hatte unsägliche Schuld auf mich geladen. Dazu kam, dass ein kleiner nagender Teil von mir Angst vor der Zukunft hatte. Ich begann mich zu fragen, was für eine Chance ich mit Thanatos haben konnte.

»Was ist mit dir?«, flüsterte der Gott, in dessen Armen ich lag. »Du zitterst. Ist dir kalt?« Ich schüttelte den Kopf. »Dann sag mir, was dich bedrückt.«

»Ich denke nur nach.« Nun blickte ich in seine moosgrünen, klaren Augen. Unzählige Emotionen huschten über sein Gesicht. Er sah traurig aus.

»Warum bist du unglücklich, Thanatos?«

Er hob den Arm. Seine warme Hand lag auf meiner Wange, mit dem Daumen fuhr er mir über die Lippen. »Ich bin nicht unglücklich. Ich mache mir Sorgen um dich.« Er schloss einen Moment die Augen. »Wir haben unendlich viel Zeit, um über alles zu sprechen. Jetzt möchte ich einfach bei dir sein und dich festhalten.«

Thanatos zog mich dicht zu sich. Ich verkniff es mir, ihn zu fragen, wie und wo wir diese Zeit verbringen sollten. Er hatte recht. In diesem kleinen Augenblick waren wir zusammen und ich wollte es genießen. Ich wollte es wirklich, allerdings rauschte ein Gefühlscocktail durch meine Zellen und ließ mich nicht zur Ruhe kommen.

Liebe, Glück, Schuld und vor allem Angst jagten mir Schauer über die Haut. Ich hatte Mühe, ruhig in Thanatos' Armen liegen zu bleiben. Er sollte den Aufruhr in mir nicht mitbekommen. Ich zwang mich zur Gelassenheit, gab der Müdigkeit, die mich langsam einholte, nicht nach. Als der erste Streifen Tageslicht den Horizont über dem Meer erhellte, wurde mir bewusst, dass wir die ganze Nacht nebeneinandergelegen hatten. Ein schönes Gefühl!

Vorsichtig drehte ich mich zu Thanatos, fuhr ihm mit den Fingerspitzen über das Gesicht und den Hals. Er seufzte. Ein Lächeln stahl sich in seine Mundwinkel und das Grün in den Augen schien noch satter zu werden.

»Ich werde dich nie wieder loslassen, Marie«, raunte er mir ins Ohr. Ein Schauer rann mir über die Haut. Ein Versprechen, das ich ihm nicht zusichern konnte. Ich hatte schon einmal einem Mann geschworen ihn niemals gehen zu lassen und jetzt war er tot. Das Leben hatte mich gelehrt, dass es Unwiderlegbarkeit nicht gab. Einen Augenblick lang umschattete sich Thanatos' Gesicht. Ich schmunzelte, um die plötzliche Spannung zwischen uns zu verscheuchen, zog ihn zu mir und küsste ihn zärtlich. Mit einem Mal hatte sich ein zarter Faden gebildet. Vertrauen. Zwar flüsterte nach wie vor eine leise Stimme im Kopf, dass ich vorsichtig sein sollte, aber mein laut pochendes, sehnsuchtsvolles Herz übertönte alles. Ich vertraute Thanatos, dem Gott des Todes. Eine Tatsache, die mich selbst am meisten überraschte.

Marie

»Ich möchte alles wissen.« Tessa saß mir gegenüber, eine dampfende Tasse Kaffee in der Hand. Ihre Augen glänzten vor Aufregung. »Wage es nicht, Details auszulassen.«

Ich gähnte und trank einen großen Schluck des Caramelcappuccinos. Meine Freundin sah mich scharf an.

Seufzend stellte ich die Tasse ab. Mein Frühstück hatte ich kaum angerührt. Ich war zu müde zum Essen.

»Da gibt es keine Details. Er hat mich geküsst und festgehalten. Wir saßen die ganze Nacht auf dem Deck und haben in den Sternenhimmel geschaut, uns unterhalten und wieder geküsst. Bei Tagesanbruch hat er mich zu meiner Kabine gebracht und sich ausgiebig verabschiedet. Das war es.«

»Das war es schon!? Willst du mich auf den Arm nehmen?«

Ich lächelte, schwieg aber beharrlich. Tessa stöhnte gequält. »Küsst er gut? Ich wette, er küsst fantastisch.« Sie gab nicht auf.

»Ich kann nicht klagen«, neckte ich sie und verkniff mir das Grinsen, was gar nicht einfach war.

»Hattet ihr Sex?« Sie wippte mit den Augenbrauen. Dann sah sie mich eindringlich an. »Nein, sonst würdest du entspannter aussehen.«

»Tessa!«

»Im Ernst, Marie. Du siehst angespannt aus. Dich bedrückt etwas. Kannst du nicht einmal glücklich sein? Du hast einen Mann gefunden, der dich liebt, der Fluch hat ihn nicht getroffen und er ist ein Gott. Er wird nicht alt und stirbt irgendwann.« Traurigkeit senkte sich über ihre Züge. »Du wirst nicht allein sein, wenn ich dich verlassen muss.«

Seufzend stellte ich die Tasse ab und griff nach Tessas Hand, mit der sie auf dem Tisch ihre Serviette knetete. »Es tut mir leid«, flüsterte ich. »Ich will nicht an etwas denken, das viele Jahre vor uns liegt. Uns bleibt noch viel gemeinsame Zeit. Eine Welt ohne dich macht mir schreckliche Angst. Was Thanatos angeht, ich weiß nicht, wie eine Zukunft mit ihm aussehen soll.« Ich senkte den Blick auf das inzwischen kalte Rührei auf dem Teller. »Ich bin vollkommen durcheinander. In der einen Minute kann ich mein Glück kaum fassen, in der anderen bekomme ich furchtbare Panik, dass sich Thanatos' Gefühle ändern könnten. Kein Mann hat mich bis jetzt wirklich geliebt, Tessa.«

»Das ist nicht wahr, es gab einen Mann, der sehr beharrlich war.« Sie sah mich mit hochgezogenen Brauen an.

»Vielleicht hat er den Fluch nur überlebt, weil ich ihn nicht genug geliebt habe«, flüsterte ich. »William ist gestorben, bevor wir uns sicher sein konnten.«

Sie nickte. »Das war ein Unfall, Marie.«

Einen Moment schloss ich die Augen. »Meine eigene Mutter kann mich nicht lieben. Was, wenn ich es nicht wert bin?«

Meine beste Freundin keuchte erschrocken. Hastig stand sie auf, kam um den Tisch und umarmte mich. »Ich liebe dich bedingungslos, Marie. Ich kenne niemanden, der es mehr verdient, geliebt zu werden, als du. Thanatos ändert seine Meinung nicht. Er ist dir vollkommen verfallen.« Sie richtete sich auf und ging vor mir in die Knie.

»Trotzdem bin ich unsicher und ich hasse es. Wie sollen wir das schaffen? Selbst wenn Thanatos und ich einen Weg für eine gemeinsame Zukunft finden, bleibt die Vision meiner Mutter und Thanatos'. Die beiden wissen nicht, wie weit dieses Schicksal in der Zukunft liegt, zumindest sagen sie es mir nicht.« Ich rieb mir über die Augen. »Wenn ich mit ihm zusammenbleibe, muss ich mich mit meiner Mutter auseinandersetzen. Wie soll ich ihr verzeihen, was sie mir und Farin angetan hat, ohne ihn zu verraten? Das ist mir zu viel.«

Tessa umfasste fast schmerzlich meinen Arm. »Tu das nicht. Du musst die Vergangenheit endlich loslassen und nach vorne blicken.« Ich wollte etwas sagen, doch sie hob abwehrend die Hand. »Du möchtest nur eines: lieben und geliebt werden. Glaubst du wirklich, du wärst mit Farin glücklich geworden? Irgendwann hättest du gespürt, dass er deine Gefühle nicht genauso erwidert, wie du es dir wünschst. Du hast selbst gesagt, die Ewigkeit ist eine harte Prüfung, ganz besonders für zwei Götter, die sich entscheiden, sie gemeinsam zu verbringen. Was passiert wohl, wenn das Gleichgewicht an Emotionen von Beginn an nicht stimmt? Nein, du bist Farin nichts schuldig.«

»Du klingst wie meine Mutter«, maulte ich.

Sie schnaubte. »Aber ich habe recht.«

Seufzend lehnte ich mich zurück. »Ja, trotzdem war Farin mein bester Freund und er hatte dieses Schicksal nicht verdient. Hätte ich mich nicht gegen Gaia aufgelehnt, wäre er noch am Leben. Meine Mutter hätte einen anderen Weg finden müssen, um mir diesen Irrtum klar zu machen.«

Tessa erhob sich und setzte sich wieder auf ihren Stuhl, der dabei laut über den Holzboden schabte.

»Ich glaube, ihr hattet alle keine Wahl, und damit will ich nicht sagen, dass sie richtig gehandelt hat, Marie. Nach allem, was du mir von deiner Kindheit und eurer Welt erzählt hast, konnte das nur auf diese Weise enden.«

Fragend sah ich meine beste Freundin an.

»Newtons Gesetz, Kraft und Gegenkraft. Das Prinzip der Wechselwirkung. Je stärker deine Mutter gegen euch war, desto stärker habt ihr aneinander festgehalten.«

»Sie hat die Regeln aufgestellt, Tessa. Meine Mutter wusste, was ihr Handeln auslösen würde.«

»Wusste sie das?« Sie strich sich eine lose Strähne hinters Ohr.

»Nimmst du sie etwa in Schutz?!«

Abwehrend hob sie ihre Hand. »Nein, natürlich nicht. Sie bestimmt die Ordnung, das heißt nicht, dass sie über allem steht.«

Ich rieb mir den Nasenrücken. »Mensch, Tessa. Ich bin heute Morgen eindeutig zu müde, um deine Gedankenspiele zu begreifen.«

»Zum Verrückt-Werden, oder?« Sie grinste. »Ich glaube, deine Mutter hat die Regeln zwar festgelegt, aber auch ihr Handeln wird davon bestimmt. Am Ende sind wir uns gar nicht so unähnlich. Egal, ob Mensch oder Gott. Wir machen alle Fehler.«

»Dann sag mir, du Genie, was muss passieren, damit eine Unsterbliche am Ende doch den Tod findet?«

Ihr wich alle Farbe aus dem Gesicht. »Wenn selbst die mächtigsten Götter darauf keine Antwort haben, wie sollte ich sie kennen?« Sie schüttelte den Kopf. »Farin starb durch einen Fluch deiner Mutter und dein Vater?«

»Durch Chaos«, murmelte ich. »Ein uraltes und gefährliches Wesen im Universum. Gaias Vater. Er ist der Gegenpol zu meiner Mutter, wenn man so will. Im Laufe der Jahrtausende haben Götter und Menschen immer wieder versucht, seine Macht für sich zu nutzen. Es endete jedes Mal mit Krieg und Schrecken für alle.«

»Also entweder belegt deine Mutter Thanatos mit einem Fluch, der dich tötet, was allem widerspricht, was ich über sie weiß, oder jemand bedient sich dieser dunklen Macht und du teilst das Schicksal deines Vaters?« Tessa zitterte und rieb sich die Oberarme. »Das klingt ganz schön verrückt und beängstigend.«

Ich nickte. Ja, das tat es, aber die Panik, die Tessa in meinem Gesicht suchte, blieb aus. Ich war dem Abgrund zum Tartaros schon oft nahe gewesen. In meinem Leben hatte es viele finstere Momente gegeben, an die ich mich kaum noch erinnern konnte. In jedem davon hatte ich die Unsterblichkeit verflucht. Die Wahrheit war: Ich hatte den Tod gesucht, hatte nichts ausgelassen, um mir das Leben zu nehmen. Ich war von Klippen gesprungen, hatte mir eine Kugel ins Herz geschossen, Gift geschluckt, mir Benzin über den Körper gekippt und mich angezündet. Was ich auch getan hatte, ein paar Stunden später war ich unverletzt aufgewacht. Wer sich so oft nach dem Tod gesehnt hatte, ihn sich gewünscht hatte, für den verlor er jeden Schrecken. Doch das konnte ich meiner besten Freundin nicht sagen. Sie wusste nichts davon.

»Ich habe Angst um dich, Marie«, murmelte Tessa und riss mich damit aus den Gedanken. »Wenn selbst mächtige Götter wie Thanatos und deine Mutter nicht wissen, wie es dazu kommt, wie soll ich dich beschützen?«

»Das ist nicht deine Aufgabe, Tessa. Vielleicht weiß meine Mutter es und sagt es mir aus irgendeinem Grund nicht. Diese ganzen Spekulationen bringen uns nicht weiter.«

»Womöglich sagt sie nichts, weil sie es ansonsten nicht verhindern kann?«

Verzweifelt fuhr ich mir mit den Händen durch die Haare. »Ich hab einen Knoten im Hirn.« Ich erhob mich und blickte meine Freundin aufmunternd an. »Dieses Geheimnis lösen wir nicht und ich habe keine Angst vor dem Tod, zumindest nicht vor meinem. Niemand weiß, wann es passieren wird. Das macht mich zur Abwechslung menschlich. Ich brauche dringend Schlaf, um dieses Durcheinander aus meinem Kopf zu bekommen. Solange wir nicht mehr wissen, werde ich mich nicht verrückt machen lassen. Einen Schritt nach dem anderen, hat deine Mutter immer gesagt und ich höre jetzt auf ihren Rat. Heute Mittag hat Thanatos uns zum Essen eingeladen und er plant für abends irgendeine Überraschung.«

Tessa stand auf und umarmte mich. »Am meisten Sorge bereitet mir, dass du dich nicht vor dem Sterben fürchtest, Marie. Wir alle haben Angst davor, das hält uns am Leben und zwingt uns zur Vorsicht.« Sie wich zurück und kaute auf ihrer Lippe.

»Du weißt doch, ich bin von Natur aus eine misstrauische Göttin«, sagte ich. »Ich passe auf mich auf.«

Sie nickte.

»Komm, lass uns gehen«, sagte ich und zog sie mit mir aus dem Speisesaal.

»Warum hast du keine Panik vor dem Sterben, Marie?« Tessa gab nicht nach. Das Thema erschütterte sie zutiefst. Genau aus dem Grund hatte ich ihr nie etwas über meine Versuche erzählt, mir das Leben zu nehmen. Das war lange vor ihrer Zeit gewesen.

»Nachdem ich das Tor in diese Welt durchschritten hatte, habe ich mir gewünscht, Gaia hätte mir auch die Unsterblichkeit genommen. Nicht nur meine Magie«, flüsterte ich, weil in den Korridoren andere Passagiere liefen. »Ich war vollkommen allein, hatte gerade Farins Tod miterlebt und gab mir selbst die Schuld. Ich wollte vergessen, wollte nicht weiterleben, nicht in Einsamkeit. Diese Isolation hatte mich meinem Zuhause entfremdet. Ich war von meinen Geschwistern diejenige mit der größten Macht. Die Lieblingstochter Gaias, für mich galten andere Regeln und Werte. Strengere. Verständnis und Liebe gehörten für meine Mutter nicht dazu, obwohl ich das dringend gebraucht hätte. Farin ging es genauso, allerdings haderte er im Gegensatz zu mir mit seiner Talentlosigkeit. Er war ein minderbegabter Gott und wurde von allen anderen auch als solcher behandelt. Seine Mutter Demeter machte da keine Ausnahme. Für mich war er mein bester Freund. Er war immer da, ging normal mit mir um und stellte keine übertriebenen Erwartungen. Er schenkte mir Geborgenheit. Farin starb meinetwegen. Ich durchquerte die Barriere und landete allein, in einem zerrissenen Kleid in einer Welt, die ich nur aus Büchern kannte.« Ich seufzte. »Die ersten Jahre lebte ich als Bettlerin unter euch. Ich hatte kein Geld und keine Arbeit, was als Frau damals alles andere als einfach war. Das waren Höllenjahre und wenn du das erlebt hast, macht dir der Tod keine Angst, Tessa.« Noch einmal wich ihr alle Farbe aus dem Gesicht. »Das ist lange her«, beschwichtigte ich. »Jetzt habe ich dich und denke über vieles anders.«

»Und du hast Thanatos«, fügte Tessa hinzu. »Du bist nicht allein. Wir sind bei dir.«

Erstaunt hob ich den Blick und sah Tränen in ihren warmen Augen. Sie lächelte.

»Ja«, sagte ich. »Ich bin nicht mehr allein.«

Marie

»Was hast du mit mir vor?«, fragte ich argwöhnisch. Ich saß tief eingesunken neben Thanatos auf einer weichen Rattancouch im Wintergarten des Schiffes. Dichte Farne und große Hibiskusblüten schützten uns vor fremden Blicken. Über uns wölbten sich rautenförmig angeordnete Metallstreben mit riesigen Fensterflächen und hielten die Wärme im Raum. Die letzten Sonnenstrahlen des Tages wärmten mich. Thanatos schlang den Arm um meine Schultern und zog mich zu sich. Meine Hand lag auf seiner Brust, sein Herz pochte wild gegen die Handfläche. Er kaute auf seiner Lippe und sah mich immer wieder zögernd an.

»Ich würde dir gerne etwas zeigen«, murmelte er und zupfte dabei an einem Farnblatt herum, das ihm ins Gesicht hing.

Okay. »Was denn?« Fragend hob ich die Augenbrauen.

»Dazu muss ich Magie nutzen, um uns zu teleportieren.« Unter meiner Hand spürte ich, wie er den Atem anhielt. Sein frischer Duft nach Sommernacht und Wiesenkräutern umgab mich. Ich kniff die Augen zusammen und löste mich aus seiner Umarmung.

»Lass das, Thanatos. Deine göttlichen Lockstoffe wirken bei mir nicht.«

Er grinste schief. Ja, schon gut. Ich gab es zu, er roch himmlisch. Verflucht, seit er mich und Tessa abgeholt hatte, riss ich mich schwer zusammen, um ihn nicht ständig anzufassen. Das hieß aber nicht, dass ich ihn in seinem berechnenden Verhalten bestätigen musste.

»Ich glaube, das ist keine gute Idee«, sagte ich schließlich.

Er lehnte sich vor und blickte zu mir. »Wovor hast du Angst?«

Nervös rutschte ich auf der Couch herum. Automatisch wanderte meine Hand zu der Halskette. Sein Geschenk an mich. Der Stein hatte sich auf der Haut erwärmt. »Seitdem ich unter Menschen lebe, habe ich keine Magie mehr gespürt, zumindest nicht derart nah. Es gab Momente, da habe ich vergessen, wie sie sich anfühlt. Die Leichtigkeit und Mühelosigkeit, die diese Macht beschert.«

Er nickte. »Du vermisst sie. Deshalb lebt ihr zwei weit weg vom Meer oder einem anderen Gewässer. Auf diese Weise wirst du nicht ständig daran erinnert.«

»Ich spüre sein Tasten nach mir«, entgegnete ich. »Ich vermisse mein Element. Egal, wie viel Zeit vergeht, dieses Sehnen trage ich für immer im Herzen.«

Thanatos hob den Arm und strich mir über die Wange. »Gaia gibt dir deine Magie zurück, wenn du sie darum bittest.«

Ich schnaubte. »Das ist hoffentlich ein Scherz.« Nein, war es natürlich nicht. Sein eindringlicher Blick bohrte sich förmlich in meinen. Hastig erhob ich mich. »Wir wissen beide, was sie als Gegenleistung möchte.« Ich wendete mich von ihm ab. »Niemals gehe ich dorthin zurück«, flüsterte ich. »Ich weiß genau, was mich auf der anderen Seite erwartet.«

Farins Marmorstatue.

Thanatos stand ebenfalls auf, griff sachte nach meiner Hand. »Ich sehe dir an, an wen du denkst.« Seine Finger berührten die Kette an meinem Hals. Er fuhr mit dem Daumen über den Edelstein. »Er ist nicht mehr dort, Marie.«

»Wo ist Farin dann?«

Thanatos hob die Schultern. »Im Tempel.«

Eigentlich sollte mich das nicht wundern. Jeder Gott, der in die Menschenwelt wollte, musste eines der beiden Tore passieren. Das Teleportieren funktionierte nur innerhalb der Welten, nicht durch den Schutzwall hindurch. Es war sicher nicht angenehm, bei jedem Übertritt Farins schmerzerfülltes Gesicht zu sehen. »Deine Mutter geht täglich in den kleinen Altarraum und legt Blumen für ihn nieder«, sagte Thanatos zögerlich. »Sie bezahlt für das, was sie tun musste, und bestraft sich, indem sie sich jeden Tag daran erinnert und Farin um Vergebung bittet.«

Für den Moment hatten seine Worte mir die Sprache geraubt. Wirr kreisten meine Gedanken. Die Person, die er beschrieb, wollte nicht mit der Erinnerung zusammenpassen, die ich von ihr hatte. Thanatos hielt das Schmuckstück fest.

»Wo hast du das Armband gefunden?« Ablenkung war die beste Strategie, um nicht über das nachdenken zu müssen, was er gesagt hatte. Mir war längst klar geworden, dass der Stein darin Farins Geschenk an mich gewesen war.

Er schluckte und ließ die Hand sinken. »Neben Farin. Ich wollte dir ein Stück von ihm zurückgeben.«

»Danke«, raunte ich und schlang die Arme um seinen Hals.

»Vertraust du mir?«

Ich lächelte. »Das weiß ich bisher nicht.« Trotzdem wich ich nicht zurück, als er die Magie rief, machtvoll und beängstigend. Wärme durchströmte mich. Mir wurde bewusst, dass ich mich gerade auf eine Reise mit einem der einflussreichsten Götter unserer Welt einließ. Für einen Rückzieher blieb keine Zeit. Verstohlen sah er sich um, dann ging alles ganz schnell. Wir lösten uns auf. Hitze floss durch meinen Körper. Er prickelte. Meine ausgedörrten Zellen sogen die Energie in sich auf. Ich war schwerelos, fühlte mich leicht wie eine Schneeflocke im Wind. Jäh wurde ich herausgerissen. Schwindel ließ mich straucheln. Meine Haut kribbelte weiterhin, dafür war ich orientierungslos wie während einer Achterbahnfahrt. Ich blinzelte, konnte aber außer einigen Schemen nichts erkennen. Im nächsten Moment flammte das schwache Licht einer Lampe auf. Was sie mir offenbarte, verschlug mir den Atem.

Weitere Lichter leuchteten auf, verbreiteten einen dezenten, warmen Glanz im Raum, der auf den ersten Blick nur aus Holz und Glas zu bestehen schien. Ein schlichter Wohnraum mit riesigen Fenstern. Am Tag streute das Licht sicher bis in die kleinsten Winkel. Jetzt in der Dunkelheit sah ich in der Scheibe mein Spiegelbild und den matt beleuchteten Innenraum. Das bequeme cremefarbene Sofa, auf dem unzählige Kissen in verschiedenen Erdtönen lagen, Sessel, ein niedriger Holztisch, der aussah wie ein Stück Treibholz. Ein offener Kamin, in dem sich selbständig ein Feuer entzündete. Argwöhnisch blickte ich zu Thanatos, der abwartend dastand und mich beobachtete.

»Ich hatte es beinahe vergessen«, murmelte ich. Fragend hob er die Brauen. »Dass ihr für alles Magie nutzt, selbst für die kleinsten Alltäglichkeiten.« Ich sah zum Feuer. »Dabei lernt man die Dinge erst durch wirkliche Arbeit zu schätzen.«

»Du hast recht.« Überrascht drehte ich mich zu ihm um. Er lächelte verlegen und schob die Hände in seine Hosentaschen. »Wir haben verlernt, die kleinen Teile des Lebens zu würdigen. Zu vieles ist selbstverständlich, unsere Tage monoton und reizlos. Wir haben den Blick für die unzähligen Nuancen, die uns das Leben bietet, verloren.« Eindringlich sah er mich an. »Deshalb braucht unsere Welt dich, Marie« flüsterte er. Bevor ich etwas erwidern konnte, lief er in die offene Küche, die an den Wohnraum grenzte. »Möchtest du ein Glas Wein?«

Ich räusperte mich und lief ihm nach. »Gern.«

Gläser klapperten. Zu meinem Erstaunen holte er einen Korkenzieher aus einer der Schubladen und bohrte ihn in den Flaschenhals. Geschickt zog Thanatos ihn heraus und schenkte uns ein. Die dunkelrote Flüssigkeit schwappte, als er mir den Wein reichte.

»Ohne Magie«, fügte er grinsend hinzu.

Okay, er wollte mich offensichtlich veralbern, aber das konnte ich auch. »Ich hoffe, du hast dir dabei keinen Nagel eingerissen, Prinzessin.« Ich versteckte das Grinsen hinter einem großen Schluck Wein, während ihm sämtliche Gesichtszüge entglitten. Fruchtige Süße breitete sich auf meiner Zunge aus, als ich hastig schluckte, um den Lachanfall zu unterdrücken, der mir in der Kehle aufstieg.

Plötzlich begann Thanatos zu lachen. Ein dunkles, kehliges Feixen, das mir einen hitzigen Schauer über die Haut jagte. Er teleportierte sich derart schnell zu mir, dass ich erschrocken aufkeuchte. Der Luftzug fuhr mir durch die Haare.

Thanatos schlang die Arme um mich, zog mich dicht an seinen Körper. Wärme durchdrang meine dünne Bluse. »Ich werde dich nie wieder loslassen, Marie. Ich habe viel zu lange auf dich gewartet.«

Traurig senkte ich den Blick. Seine Worte drangen tief in mein verletztes Herz, heilten Wunden, die nie aufgehört hatten zu schmerzen.

Er fasste mich unter dem Kinn, hob meinen Kopf, zwang mich ihn anzusehen, bis ich die Sterne in seinen Augen glitzern sah. »Ich habe dich hierher gebracht, um dir zu zeigen, wie unsere Zukunft aussehen könnte, Marie. Das ist mein Zuhause. Hier bin ich, wenn ich nicht meinen Aufgaben in der Götterwelt nachgehe.« Gemächlich rieb er mit dem Daumen über meine Wange. »Ich möchte Zeit mit dir verbringen. Ich möchte, dass du mich so innig kennen lernst, wie ich dich kenne.« Er schluckte hart, biss sich auf die Lippe. »Ich möchte bei dir sein. Wenn das bedeutet, dass wir in der Menschenwelt leben, dann werde ich das ermöglichen.« Er beugte sich zu mir, hauchzart berührte er mein Ohrläppchen. »Lass mich dir die Sterne vom Himmel holen«, hauchte er. Sein warmer Atem strich über meinen Hals. Diesmal erschauerte ich spürbar. Seine Worte, die Art, wie er mich ansah, die Eindringlichkeit in seiner Stimme und die zarten, fast scheuen Berührungen rangen all meine Zweifel nieder. Verdammt, ich schmolz dahin in seiner Umarmung. Ich spürte, wie Thanatos den Schutzwall, den ich um mich errichtet hatte, ohne Mühe niederriss. Jedes Wort blieb mir in der plötzlich viel zu engen Kehle stecken.

Ich hatte mich nach Liebe gesehnt, hatte alles verloren, um sie bei einem Gott wiederzufinden, der mir derart vertraut war, als würde ich ihn mein Leben lang kennen.

So wie Farin und ich einst, flüsterte eine Stimme im Kopf. Nein, ich verdrängte jeden Gedanken an Farin. Hier ging es um Thanatos und mich. Seine Gefühle waren echt und zu meiner eigenen Verwunderung nahm ich ihm ab, dass er eine Zukunft mit mir möglich machen wollte. Hier bei den Menschen. Ich sah nur Aufrichtigkeit in seinen Augen.

Langsam hob ich die Hand zu seinem Haar, strich mit den Fingern durch die weichen Strähnen, schmiegte mich an ihn und küsste ihn auf den Mundwinkel. Er stöhnte, dann lagen seine Lippen fordernd auf meinen.

»Gibst du uns eine Chance?«, murmelte er zwischen unseren Küssen.

»Ja«, hauchte ich.

Lachend hob er mich in die Arme, trug mich zum Sofa und hörte keine Sekunde auf, mich zu necken. Am Hals, am Kinn, auf meinem empfindlichen Schlüsselbein. Überall hauchte er mir Küsse auf die Haut. Jede Berührung ließ mich erschauern. Thanatos' ganzer Körper zitterte vor Anspannung. Ich spürte, wie sehr er sich zügelte, was mich berührte. Sein Atem strich über meine Wange. Vorsichtig, als könnte ich zerbrechen, bettete er mich auf dem seidigen Stoff der Couch. Tief sank ich zwischen die Kissen. Thanatos' Hände waren überall. Durch meine dünne Bluse fühlte ich seine warmen Finger. Seine Haare kitzelten meine Stirn, als er sich über mich beugte. Ich schlang die Arme um seinen Hals, zog ihn näher, bis er einfach überall war. Auf eine Hand gestützt wich er ein Stück zurück. Ich brummte missbilligend. Das brachte ihn zum Lachen. Dieses dunkle, kehlige Lachen, was mir unzählige Schauer über die Haut jagte.

»Ich bin nicht aus Zuckerguss, Thanatos«, sagte ich.

Federleicht rieben seine Finger über die freie Haut am Schlüsselbein entlang bis zum Brustansatz. Er sah mich an. Noch immer zitterten seine Muskeln und er atmete schneller. Quälend behäbig öffnete er die Knöpfe meiner Bluse. Ich biss mir auf die Unterlippe. Seine Selbstbeherrschung trieb mich in den Wahnsinn. Langsam glitt meine Hand über seinen Rücken. Ich ließ mir Zeit, fühlte jeden Muskel unter dem Pullover, strich mit den Fingerspitzen über seine Haut am Gürtelansatz. Thanatos schloss die Augen und keuchte. Als ich die Hand tiefer gleiten ließ, über den engen Jeansstoff, durchrann ein heftiges Zittern seinen Körper. Er packte meine Hand, riss die Augen auf, in denen sich pures Begehren spiegelte.

»Willst du das wirklich?«

Ich nickte, versuchte meine Finger zu befreien. Er atmete heftig ein. Im nächsten Moment kniete er neben mir auf dem Boden, zog mich hoch und streifte die Bluse von meinen Schultern. Lächelnd musterte er mich. Ich sah zu, wie sich sein Blick immer weiter verdunkelte, je länger er mich betrachtete. Langsam schälte ich mich aus meiner Jeans. Leise raschelnd fiel sie zu Boden. Ich griff nach dem Saum von Thanatos' Pullover, zog ihn über den Kopf und ließ ihn ebenfalls fallen. Seine weizenblonden Haare standen, aufgeladen von der Reibung der Wolle, in alle Richtungen ab. Ich grinste, ließ den Blick abwärts gleiten und meine Hände der Spur meiner Augen folgen. Über seinen Hals, an dem die Ader wild pochte. Seine breiten Schultern, die kräftigen Brustmuskeln bis hin zu den fein definierten Bauchmuskeln und dem kleinen Büschel heller Haare, das unter dem Bund der Hose verschwand. Mit zittrigen Fingern öffnete ich seine Hose. Hastig atmete er ein. Ein kehliges Knurren drang aus seinem Mund und dann war er über mir, küsste mich neckend, fordernd und so zärtlich, dass ich mir sicher war, unter dem Ansturm der Gefühle, die er in mir auslöste, zu vergehen. Ich hörte das knisternde Feuer, registrierte die Hitze, die meine eigene weiter anfachte. Ein dünner Schweißfilm bildete sich auf meiner Haut. Thanatos war überall, in jeder Berührung, jedem Kuss und jeder zaghaften Bewegung spürte ich, was er für mich empfand.

Ich gab mich ihm hin, wollte in dem Meer aus Empfinden ertrinken und nie wieder auftauchen. »Halt mich«, flüsterte ich. »Halt mich und lass mich nicht mehr los.«

Marie

Wohlig gelöst und vollkommen entspannt räkelte ich mich. Streckte gähnend die Glieder, während ich Thanatos' gleichmäßige Atemzüge dicht an meinem Ohr hörte. Kurz rührte er sich, schlief aber weiter. Ich spürte Sonne auf meinem Gesicht, lag warm und weich wie auf Watte gebettet in seinem Bett. Um ehrlich zu sein wusste ich nicht mehr genau, wie wir überhaupt in sein Schlafzimmer gekommen waren. Die vergangene Nacht war eine Abfolge wunderschöner Momente, die sich jetzt, kurz nach dem Erwachen, wie ein Traum anfühlten. Nur das Kribbeln auf meiner Haut und die angenehme Trägheit, die ich empfand, zeigten mir, dass alles wirklich passiert war.

Allmählich öffnete ich die Augen und blinzelte im Sonnenlicht, das mich blendete. Ich drehte den Kopf und betrachtete lächelnd Thanatos' Gesicht. Er wirkte entspannt, seine Züge weich. Sein Oberkörper war nackt, die Decke bis zur Hüfte nach unten gerutscht. Ich grinste beim Gedanken, dass ich diesen himmlischen Anblick jetzt öfter genießen durfte.

Ich schob mich sachte unter seinem Arm, der über meiner Taille lag, hervor und schwang die Beine aus dem Bett. Meine Füße gruben sich tief in den watteweichen, hellen Teppich, auf dem das gigantische Himmelbett aus massivem, dunklem Holz stand. Die Wand neben mir bestand aus einer Fensterfront, durch die ich die nahen Klippen und das Meer sehen konnte. Über dem Bett bildeten Bahnen aus pastellfarbenem Chiffonstoff einen Regenbogenhimmel, der im Sonnenlicht schimmerte. Darunter hatte ich die letzte Nacht geschlafen? Mein Blick streifte Thanatos' Silhouette. Mit diesem unglaublichen Mann an meiner Seite? Die Härchen auf der Haut richteten sich auf und ein prickelnder Schauer ließ mich kurz zittern. Das war fast zu viel Glück, das sich in mir ausbreitete. Mit weichen Knien stand ich auf. Suchend sah ich mich nach den Kleidern um, fand sie aber nicht. Über einem Sessel am Bettende lag ein schwarzes T-Shirt von Thanatos, das ich mir schnappte und schnell überzog. Es war so groß, dass es mir bis zum Oberschenkel reichte. Es roch nach Thanatos. Ich fand das Badezimmer auf Anhieb. Im Haus war es warm, trotzdem wusch ich mir nur kurz das Gesicht mit den geröteten Wangen und schüttelte über mich selbst den Kopf, als ich den verräterischen Glanz in meinen Augen sah. Ich war glücklich. Das war berauschend.

Schließlich lief ich ins Wohnzimmer, das am Tag von Sonnengespinst durchdrungen aussah wie ein Ort, an dem ich mich geborgen fühlen konnte. Auf dem Boden entdeckte ich meine Bluse. Ich legte sie gerade zusammen mit Thanatos' Klamotten über die Sofalehne, als mich ein Geräusch aufhorchen ließ. Es klang nach knarrenden Holzdielen und kam von außerhalb. Suchend blickte ich mich um. Kurz nahm ich im Augenwinkel eine Bewegung wahr, doch als ich in die Richtung sah, war niemand zu sehen. Auf einem der Liegestühle wehte ein Stück Stoff im Wind. Ich zog das Shirt tiefer über die Beine, öffnete die Balkontüre und trat hinaus. Kühler Wind fegte über meine Haut, ließ mich frösteln. Ich stockte, als ich mich der Liege näherte.

Darüber lag ein silbern schimmerndes Seidenkleid. Ein kalter Eisenring zog sich um meine Brust, als ich weiter auf das im Wind flatternde Hochzeitskleid starrte. Das Kleid meiner Mutter! Sie hatte es mir an dem Abend überreicht, als sie mir offenbart hatte, dass ich einem anderen Gott versprochen war. Ich hatte es im Zimmer in Adroma zurückgelassen.

Mit zitternden Fingern griff ich danach. Der glatte Stoff wehte im Wind, strich mir über die Haut. Als Kind hatte ich dieses Kleid stundenlang betrachtet und davon geträumt, es bei meiner Hochzeit zu tragen. Heimlich hatte ich es anprobiert, mit viel zu kleinen Armen und Beinen, aber das war mir egal gewesen. Ich hatte mich besonders gefühlt, wie eine Prinzessin.

Hastig atmend blickte ich mich noch einmal um. Nur Mutter wusste von dem Kleid. Ein Kloß saß in meiner Kehle, hinderte mich am Durchatmen.

»Was machst du halb nackt da draußen, Marie?« Thanatos stand an der Balkontür und sah mich lächelnd an. Sein Oberkörper war unbedeckt, er trug nur eine Stoffhose, die ihm tief auf den Hüften saß. Als er das Kleid in meinen Händen sah, wich ihm alle Farbe aus dem Gesicht.

»Wo hast du das her?«, fragte er.

Starr und zu keiner Regung fähig sah ich zu ihm. Er rührte sich nicht. Der Stoff wirbelte wild im Wind und war auf einmal tonnenschwer. Mein Verstand wollte nicht wahrhaben, was das Herz längst begriffen hatte. Mutter hatte mir mein Hochzeitskleid gebracht. Thanatos war der Gott, den ich nach ihrem Willen hätte heiraten sollen!

»Sie hat mich nicht Hades versprochen«, flüsterte ich. »Du solltest mein Mann werden. Deshalb war Hades mit seiner Familie damals bei uns. Ihr wolltet den Pakt besiegeln«, fauchte ich.

Er hob die Hände. Verwirrung spiegelte sich in seinen Augen. Immer wieder starrte er auf das Kleid. Er trat einen Schritt auf mich zu, doch ich wich zurück. Rückwärts trat ich von der Veranda, mit nackten Füßen und fast unbekleidet stand ich im Wind, dessen Kälte ich kaum spürte, weil sie mich längst durchdrungen hatte. Scharfkantige Felsen bohrten sich in meine Fußsohlen.

»Ich wollte es dir sagen, Marie. Ich wollte dir alles erklären, sobald ich mir sicher war, dass du mir zuhörst und nicht die falschen Schlüsse ziehst.«

»Die falschen Schlüsse!?« Wie eine Flagge wehte der Stoff zwischen uns. »Nur meine Mutter weiß, was mir dieses Kleid bedeutet. Das ist ihr Geschenk an mich. Sie hat es hierher gebracht, um mir zu zeigen, dass sie am Ende immer gewinnt. Sie gewinnt, weil du der Gott bist, den sie für mich vorgesehen hat, und ich dumme Nuss bin in die Falle gegangen.« Ich schlang die Arme um den Oberkörper, ballte die Hände. Das silberne Kleid wickelte sich um mich.

Das Glück, das ich bis vor wenigen Augenblicken empfunden hatte, ging vor meinem inneren Auge in Flammen auf. Alles in mir brach zusammen. Betrogen, ich fühlte mich bis in den letzten Winkel der Seele verraten. Die Wunde, die dabei aufriss, war tief, so entsetzlich groß. Der Schmerz überrollte mich in Wellen. Hastig sah ich mich nach einem Ausweg um. Mein Kopf war leer, ich konnte kaum einen klaren Gedanken fassen.

Weg!

Ich musste weg von Thanatos, weg von diesem Ort.

»Hör mich an, Marie«, flehte er dicht vor mir. Zu dicht. Erschrocken aufkeuchend wich ich zurück. Genau in dem Moment, indem er die Hände hob und nach mir greifen wollte.

»Rühr mich nicht an!«, fauchte ich und dann barsten sämtliche Seile, die mich noch zusammengehalten hatten. Ich drehte mich um und rannte. Rannte über den felsigen Untergrund nahe der Klippen, riss mir die Fußsohlen auf, ignorierte den Schmerz, der mir durch die Waden jagte, hetzte einfach weiter.

»Marie!« Die Verzweiflung in seiner Stimme strich genauso an mir vorbei wie der Wind, der aufgefrischt hatte. Plötzlich griff er mich von hinten, drückte mich an seine Brust. Ich trat um mich, wehrte mich mit aller Kraft gegen ihn und schrie vor Hilflosigkeit in den sonnendurchtränkten Himmel. Diesmal fühlte ich es kaum, wie ich mich auflöste. Einen Atemzug später saß ich unvermittelt auf dem Boden meiner Kabine, eine Decke lag um meine Schultern und Thanatos kniete neben mir. Er zitterte vor Anspannung und starrte auf das Hochzeitskleid in meinen Händen. »Ich weiß nicht, was hier vor sich geht oder wer dieses Kleid zu uns gebracht hat, aber ich weiß, es war nicht Gaia, Marie. Das war nicht deine Mutter.«

Ich wollte nichts mehr hören, wollte keine Lüge mehr zulassen. Der Schmerz schüttelte mich heftig. Das Kleid glitt zu Boden. Ich hob die Arme und drückte die Handflächen auf meine Ohren. Verzweifelt schloss ich jedes Geräusch aus. Zu erschöpft, um mich anders zu wehren. Innerlich leer und ausgebrannt. Das Gefühl, betrogen worden zu sein, nahm mir alle Kraft. Ich kauerte mich zusammen, begann, mich sachte hin und her zu wiegen. Das Hochzeitskleid meiner Mutter lag über meinem Schoß.

Obwohl ich mir alle Mühe gab, hörte ich Thanatos' Stimme. »Ich liebe dich, Marie. Ich bin nur deinetwegen hier.« Hohle Worte, die mich weiter verspotteten, aber auch das war mir inzwischen egal. Der Schmerz in meiner Brust ließ keine Regung zu, kein Aufbäumen, kein Halt. Ich schluchzte, drückte mich fest auf den Boden. Am liebsten hätte ich mich darin verkrochen.

»Ich lasse dir Zeit, aber ich komme wieder, Marie. Ich finde heraus, was vor sich geht. Ich gebe dich nicht auf«, flüsterte er. Er bewegte sich neben mir, eine sachte Berührung am Rücken, die mich zusammenzucken ließ. »Bitte«, hauchte er. »Ich ertrage es nicht, dich so zu sehen.« Seine Stimme klang schwer von Tränen. Ich regte mich nicht, blieb einfach mit geschlossenen Augen liegen, während eine Schmerzwelle nach der anderen über mich brandete.

Ein Lichtblitz erhellte den Raum, dann war ich allein. Minuten später stürmte Tessa in meine Kabine und stolperte beinahe über mich.

»Marie!« Sie fiel neben mir auf die Knie und strich mir Haarsträhnen aus dem Gesicht. »Was ist passiert? Thanatos hat sich gerade in meine Kabine gebeamt und mich zu Tode erschreckt.«

Ich schüttelte den Kopf und weinte haltlos. Tessa streichelte mir durch die Haare, zog mich zu sich, bis mein Kopf auf ihrem Schoß lag, und hielt mich fest.

Irgendwann hatte ich keine Tränen mehr. Was zurückblieb, war eine bleierne Schwere und eine Leere in der Brust, die ich nicht einmal nach Farins Tod und meiner Flucht in die Menschenwelt gespürt hatte.

Ich war nicht dumm. Nachdem Mutters Fluch Farin getötet hatte, hatte ich gewusst, dass er mich nicht geliebt hatte, wie er es vorgegeben hatte. Ich hatte gewusst, ich wäre mit ihm niemals glücklich geworden. Farin hatte mich belogen, was die Stärke seiner Gefühle für mich anging, dennoch war er mein bester Freund gewesen. Das wollte er mir sagen, als er mich Sekunden, bevor er starb, um Verzeihung gebeten hatte. Ich hatte um ihn getrauert, hatte ihn vermisst, doch irgendwann hatte ich begriffen, dass ich nicht mehr um ihn selbst trauerte. Sein Tod hatte tiefe Wunden in meine Seele gerissen, die verheilt waren und nicht mehr schmerzten. Die Wunden, die geblieben waren, waren jene, die Mutter mir zugefügt hatte.

Und jetzt? Jetzt war da Thanatos, von dem ich wusste, dass er mich aufrichtig liebte, mit dem ich zum ersten Mal all den Ballast, den ich mit mir herumschleppte, hatte vergessen können, und er verriet mich an meine Mutter! Dieser

Vertrauensbruch verbrannte mich von innen. Wie sollte ich aus dem Chaos, das in meinem Kopf herrschte, wieder auftauchen?

»Möchtest du dich ins Bett legen?« Tessas Stimme klang, als wäre sie am anderen Ende eines riesigen Saals. Ich sollte ihr antworten, mich bewegen, irgendetwas tun, trotzdem blieb ich liegen, mit geschlossenen Augen, hörte auf meine eigenen rasselnden Atemzüge, das Blut, das durch die Adern rauschte, und schloss die Welt um mich aus.

Ich wusste nicht, wie viel Zeit vergangen war, als ich begann, etwas um mich wahrzunehmen. Mein Kopf lag auf Tessas Schoß, während sie mit dem Rücken gegen die Bettseite gestützt dasaß. Mit dem Kopf an die Bettkante gelehnt schlief sie. Als ich mich rührte, blinzelte sie und strich mir über die Haare.

»Du bist wach«, murmelte sie mit vom Schlaf rauer Stimme.

Schwerfällig erhob ich mich. Noch immer schmerzte jeder Muskel in meinem Körper. Ich schniefte, Tränen rannen mir über die Wangen. Tessa streckte sich, zog die Beine an und blickte mich besorgt an.

»Was ist passiert, Marie?«, fragte sie. »Thanatos war außer sich. Er hat geweint, nie zuvor habe ich einen Mann wie ihn weinen sehen. Das war verstörend.«

Ich reichte ihr das Kleid, das ich festhielt. Tessa nahm es und strich mit den Fingern über den matt schimmernden Stoff.

»Das ist das Brautkleid meiner Mutter. Ich sollte es zu meiner Hochzeit mit dem Gott tragen, dem ich versprochen war. Es lag heute Morgen vor Thanatos' Haus auf der Terrasse. Es gibt nur eine Göttin, die seine Bedeutung kennt. Er ist der Gott, den ich nach dem Willen meiner Mutter heiraten sollte, Tessa. Thanatos und meine verfluchte Mutter stecken unter einer Decke!«

Sie sah mich an. Minuten vergingen, in denen sie immer wieder mit der Hand über den silbernen Stoff strich. Schließlich schüttelte sie den Kopf. »Das kann ich mir nicht vorstellen. Thanatos weiß, wie du zu Gaia stehst. Er liebt dich. Niemals würde er einen solchen Verrat begehen.«

»Dieses Kleid erzählt eine andere Geschichte«, flüsterte ich. »Ich war naiv. Ich wusste, es ist kein Zufall, dass meine Mutter sich ausgerechnet jetzt entschließt, sich in mein Leben einzumischen.«

»Egal, wie sehr ich es versuche«, meinte Tessa. »Ich kann das nicht glauben, Marie.« Mitleidig sah sie mich an. »Ich kann nicht glauben, dass Götter derart kalt und berechnend sind. Das passt nicht zu dem, wie ich Thanatos erlebt habe. Das kann nicht sein. Und Gaia ist deine Mutter, auch in ihr muss irgendwo die Liebe zu ihren Kindern schlummern. Derjenige, der dir diese Botschaft überbracht hat, wollte dich verletzen, wollte dich tief und nachhaltig verwunden. Eine Mutter tut ihrem Kind dergleichen nicht an.«

»Du sagst es«, murmelte ich. »Deine Mutter wäre dazu nie imstande gewesen, aber Gaia ist nicht wie sie.«

Tessa warf das Kleid aufs Bett und erhob sich. »Nein«, sagte sie mit fester Stimme. »Dafür muss es eine andere Erklärung geben.«

»Ich zerstöre nur ungern dein Weltbild. Du kennst meine Mutter nicht wie ich. Sie ist dazu fähig.« Tief einatmend sammelte ich die letzten Kraftreserven für das, was ich preisgeben musste. Mir war klar, das ich meiner besten Freundin die Wahrheit nicht länger verschweigen durfte. »Ich glaube, sie hat deine Eltern getötet, Tessa.«

Stille. Tessa stand im Raum und rührte sich nicht. Ihre Augen, weit und voller Entsetzen, starrten mich an.

»Warum glaubst du das?«, fragte sie gequält.

»Ich habe keine Beweise, aber ich weiß, sie war in der Nähe, als es passierte. Nach heute glaube ich an keine Zufälle mehr. Sie war in jener Nacht hier, in der Menschenwelt.«

»Du trägst dieses Wissen all die Jahre mit dir herum und hast dich dazu entschieden, mich im Unklaren zu lassen?«

Ich schloss die Augen. »Ja, weil ich dich nicht verlieren wollte.«

»Mich verlieren?«

Ich sah zu ihr auf. »Sie starben, weil ich glücklich war, Tessa. Ich liebte deine Mutter wie meine eigene vor langer Zeit. Ihr wart für mich mehr Familie, als sie es je sein konnte, und das hat deine Eltern das Leben gekostet.«

»Du hast mich belogen.« Tessa ballte ihre Hände. Zorn spiegelte sich in ihren Augen. »Du bist nicht besser als deine Mutter!« Ihre Worte rammten sich wie die Spitze eines Messers in meinen Bauch. Ich keuchte, krümmte mich unter dem Schmerz zusammen. Tessa rannte aus der Kabine. Mit einem ohrenbetäubenden Wummern knallte die Tür in ihre Angeln. Ich starrte auf das Kleid, das auf dem Bett lag und mich zu verspotten schien.

Nicht zum ersten Mal fragte ich mich, wie viel Qual ein Herz ertragen konnte, aber zum ersten Mal hatte ich eine Antwort darauf.

Nicht mehr!

Das Atmen schmerzte, mich auch nur ein Stück zu bewegen fiel mir unendlich schwer. Jedes Blinzeln war zu viel und jeder weitere Schlag meines verfluchten Herzens ein Hohn in meinen Ohren. Ich schloss die Augen, schlang die Arme um den Oberkörper.

Nicht mehr!

Ich ertrug nicht mehr, wollte, dass der Schmerz endete, dieses Chaos in meinem Kopf, die wild wirbelnden Gedanken sollten verstummen. Das hier, das war nicht mehr ich.

Ich sehnte mich nach Erlösung und es gab nur einen Ort, an dem ich sie finden konnte. Langsam öffnete ich die Augen und blickte auf Mutters Hochzeitskleid. Mechanisch erhob ich mich. Die Decke rutschte von den Schultern und ich zog Thanatos' Shirt aus. Sein Duft überschwemmte meine Sinne. Einen winzigen Augenblick lang sog ich ihn ein. Zum Abschied. Steif lief ich zum Bett, nahm das Kleid und streifte es mir über. Es passte perfekt. Der weiche Stoff streichelte meine Haut. Im ersten Moment war die Seide kühl, allerdings erwärmte sie sich schnell. Ich schloss den Träger im Nacken, strich die Falten glatt und zog die Halskette unter dem Stoff hervor. Ohne zurückzublicken, lief ich barfuß durch die Flure, die menschenleer waren. Mir war jedes Zeitgefühl abhandengekommen. Dann war ich an Deck, trat scharf einatmend in die kalte mondlose Nacht hinaus. Der Wind biss unangenehm durch die Seide in meine Haut, pfiff mir so laut um die Ohren, dass ich kaum ein anderes Geräusch wahrnahm. Mein offenes Haar wirbelte um den Kopf.

Verstohlen sah ich mich um, überzeugte mich, dass niemand da war, um mich am Vorhaben zu hindern oder Hilfe zu holen. Ich wollte nicht gerettet werden, wollte vergessen. Der Wind blies Gischt über das Deck. Ich fühlte die Feuchte auf der Haut. Langsam lief ich zur Reling. Das Schiff ankerte noch vor Island. Straßenlichter erhellten die Städte an der Küste. Vereinzelt brannte Licht in den Häusern, doch die meisten Menschen schliefen ruhig in ihren Betten. Am nachtdunklen Himmel über der Insel zogen sich grüne, blaue und violette Schleier entlang. Bänder und Bögen aus Licht, die miteinander verschmolzen, sich wanden, plötzlich auflösten und wieder aufflammten. Kurz fragte ich mich, ob meine Mutter den Farbentanz des Nordlichtes mit ihrer Magie anfachte.

Verloren schüttelte ich den Kopf, schob jeden Gedanken an sie und die anderen Götter zur Seite, auch an Thanatos. Besonders an ihn, denn sein Gesicht drängte sich mit aller Macht in mein Bewusstsein. Der Schmerz, den ich fühlte, ließ mich aufkeuchen. Tränen rannen mir über die kalte Wange.

»Warum!?«, schrie ich in den Wind. »Warum hast du das getan, Mutter?!« Ich klammerte mich an den Holzlauf der Reling, krümmte mich zusammen. »Mama, du solltest mich lieben! Stattdessen verfluchst du mich zu einem unsterblichen Leben in Einsamkeit. Selbst jetzt, wo ich jemanden gefunden habe, der mich wirklich liebt, schaffst du es, diese Liebe mit deinen Intrigen zu vergiften.«

Die Aurora Boreales flammte wie ein Feuerwerk auf, bunter, als ich sie jemals zuvor gesehen hatte. Starr blickte ich darauf, während sich unter mir die Wellen am Bug des Schiffes brachen. Ich war unsterblich, weder die Kälte des Wassers noch der fehlende Sauerstoff würden mich in Hades' Reich geleiten, aber sie konnten mich vergessen lassen. Ich war nicht die erste Göttin, die sich auf diese Art aus dem Kreislauf der Unsterblichkeit schlich. Unser Element schloss uns ein wie in einem Kokon. Kein Spielball mehr im Netz meiner eigenen Mutter, keine Enttäuschungen mehr, keine Geheimnisse und Lügen. Ein Ausbrechen, der einzige Ausweg aus der göttlichen Ordnung.

Entschlossen kletterte ich über das Geländer, was barfuß und mit dem langen Kleid gar nicht so einfach war. Ich raffte den Saum, um nicht auszurutschen und zurück aufs Deck zu fallen. Um meine Taille hatte es mehrere Lagen Stoff, die eine Art Gürtel bildeten. Genug, um sich mit Wasser vollzusaugen, und mich nach unten zu ziehen, hoffte ich. Die Lichter vom Schiff erhellten die dunkle Wasseroberfläche unter mir.

»Du hast gewonnen, Mama«, flüsterte ich und sprang.

Marie

Hart knallte ich auf die Wasseroberfläche. Das war kein sanftes Eintauchen. Ich hatte nicht mit der beißenden Kälte gerechnet, als mein Element mich umfing. Mir wich alle Luft aus der Lunge. Erschrocken öffnete ich den Mund und schluckte Eiswasser. Das frostige Wasser klärte die Gedanken, während das Kleid schwer um den Körper hing und mich immer tiefer zog. Hier unter der Oberfläche umgab mich völlige Dunkelheit. Meine Sinne nahmen nichts mehr wahr, die Welt bestand aus Fühlen. Eine leichte Strömung trug mich vom Schiff weg, hinaus ins offene Meer. Zweifel keimten in mir auf.

Du bist feige, schrie mir die nervige Stimme meines Gewissens zu. Du stiehlst dich aus deiner Verantwortung gegenüber Tessa! Scheiße, war es das wert? Tessa hatte es verdient, dass ich den Schmerz aushielt, wenn nicht für mich, dann für sie. Das Wasser kribbelte auf meiner Haut. Ich fühlte, wie es nach mir griff, mich wieder neckte. Nein! Ich musste stark sein, musste das Leid, das mir Mutter und Thanatos zufügten, irgendwie aushalten. Für Tessa, für meine beste Freundin. Das war ich ihr schuldig. Ich begann zu strampeln, versuchte verzweifelt, mich an die Wasseroberfläche zu kämpfen. Die langen Stoffbahnen wickelten sich um die Knöchel, schränkten meine

Bewegungen ein. Da war kein Licht, das mir zeigte, ob ich mich in die richtige Richtung bewegte. Vielleicht tat ich genau das Gegenteil und schwamm tiefer?

Die Dunkelheit nahm mir jede Orientierung, machte ein Gelingen unmöglich. Was hatte ich getan? Ich konnte die nahe Ohnmacht fühlen. Mein Körper schrie nach Sauerstoff. Arme und Beine wurden taub. Bleierne Müdigkeit breitete sich in den Gliedern aus. Mein Element hielt mich gefangen. Als Mensch hatte ich keine Chance, mich aus ihm zu befreien.

»Medusa, mein Kind.«

Verwirrt blinzelte ich gegen die Ohnmacht an. Mir blieben Sekunden, ehe ich wegdriften würde. Von irgendwoher leuchtete ein blauer Schimmer auf, erhellte das schwarze Wasser um mich und meine Mutter schwebte plötzlich in einer Blase aus Licht neben mir.

»Es tut mir leid«, flüsterte sie, wobei ich sie lediglich in Gedanken hörte. Ihr Mund bewegte sich nicht, während sie mich mit Tränen in den Augen anblickte. »Es gibt vieles, das du mir vorwerfen kannst, vieles, das ich falsch gemacht habe, aber mein Hochzeitskleid habe nicht ich vor Thanatos' Haus abgelegt. Er handelt nicht in meinem Auftrag, sondern aus freien Stücken.« Sie glitt auf mich zu, streckte ihre Hand aus und berührte damit meine Wange. Eine Berührung, die ich kaum spürte und gegen die sich alles in mir aufbäumte, doch ich war zu schwach, um mich zu wehren. »Es stehen so viele Missverständnisse zwischen uns«, flüsterte sie. »Derart viele falsche Erinnerungen. Dein Hass auf mich und die Götter hat deine Gedanken vergiftet und dir die schönen Momente in unserem Leben genommen.« Sie lächelte, allerdings blieben ihre Augen davon unberührt. Darin spiegelte sich dasselbe Leid, das ich empfand. »Ich gebe dir die schönen Augenblicke zurück, mein Kind.«

Das Wasser begann, um mich zu wirbeln. Eine warme, angenehme Strömung hüllte mich ein. Bilder drängten sich mit aller Macht in meinen Verstand. Erinnerungsfetzen längst vergangener Zeiten. Ich sah Mutter, die mit einem Baby im Arm auf der Niederung des Torberges saß, die schon immer mein Lieblingsplatz gewesen war, denn hier versank jeden Abend die Sonne hinter den Gipfeln der Berge. Meine Mutter summte eine leise Melodie, während sie lächelnd auf das Baby in ihren Armen blickte, auf mich. Ihr Gesicht war weich und voller Liebe. Sie sang für mich, bis ich in ihren Armen eingeschlafen war, streichelte meine Wange. Ich hielt eine dicke Haarsträhne von ihr zwischen meinen winzigen Fingern. Dieses Lied rührte etwas tief in mir. Diese Klänge! Ich hatte sie oft im Schlaf gehört, hatte davon geträumt.

Das Bild wechselte. Ich sah meine Eltern, die mich an den Händen in ihrer Mitte hielten, damit ich mit tapsigen Schritten laufen konnte. Wir spazierten gemeinsam mit meinen Geschwistern durch Mutters Garten. Alle lachten, waren glücklich. Mein Vater strahlte und sah mir dabei zu, wie ich unsicher die ersten tapsenden Gehversuche startete. Er nahm mich auf den Arm, zog Mutter zu sich heran und küsste sie, während ich den beiden mit einer Mischung aus Faszination und Neugier zusah. Meine Eltern hielten inne, grinsten und gaben mir einen Kuss auf jede Wange. Ich kicherte und quietschte freudig. Aus weiter Ferne hörte ich Tropfen fallen und die Erinnerung wechselte noch einmal.

Das waren keine Regentropfen, die ich wahrnahm. Alles um mich hallte, das Plätschern klang voller, tiefer und satter als Regen. Zuerst umgab mich Dunkelheit, dann erhellte Mutter die Höhle mit ihrer Magie. Kleine, silberne Kugeln aus Licht schwebten über unsere Köpfe, immer höher und weiter hinauf in die Grotte, in der ich mit ihr stand. Sie hielt meine Hand, ich konnte nicht älter als drei oder vier Jahre sein.

»Sieh nach oben, Medusa. Das ist der Weg zu den Menschen. Hier ist eines der beiden Tore, die unsere Welten verbinden«, sagte sie zu mir und deutete nach oben zu einem winzigen Lichtkreis weit über uns. Jetzt sah ich, dass die Höhle sich wie ein Trichter nach oben wand. Die Felswände waren ungewöhnlich bunt. Feuriges Rot wechselte in mattere Gelbtöne. Ich erkannte sogar einige blaue und grüne Streifen. Was Mutter mir zeigte, war der Thrihnukagigur-Vulkankrater, durch den ich nach der Flucht aus der Götterwelt zu den Menschen gelangt war. Sie hatte mir diesen Ort gezeigt? Vielleicht hatte ich mich als Kind und später als junge Frau deshalb so davon angezogen gefühlt. Ich sah das Staunen in den kindlichen Augen meines jüngeren Ichs. Dieser Ort war mystisch. Das tiefe und stetige Tropfen des Wassers durch den Trichter und von den Felswänden wirkte beruhigend und berauschend zugleich. Die magischen Funkenlichter meiner Mutter taten ihr Übriges. Ich konnte es im eigenen Gesicht sehen. Staunend und voller Dankbarkeit blickte ich, das Kind, zu meiner Mutter auf, die mich anlächelte. Sie hatte mit mir ihre Wunderwelt geteilt, hatte mir einen Einblick gewährt, den, da war ich mir sicher, meine Geschwister auf diese Weise nie erfahren hatten. Dieser Moment gehörte uns beiden. Ich sah die Nähe, die Mutter und Kind teilten.

Ich hätte aufgekeucht, wenn Luft in meiner Lunge gewesen wäre. Wie nur hatte ich das vergessen können? Warum fehlte mir jede Erinnerung daran? Nur das Lied, das meine Mutter für mich gesungen hatte, war da, wenn auch nur in meinen Träumen. Das, was Mutter mir zeigte, war lange her. Mein Vater war noch am Leben gewesen. Er musste kurze Zeit später gestorben sein, denn ich erinnerte mich kaum an ihn. Dank Gaia war sein Bild jetzt nicht mehr verschwommen.

Was ist passiert?, flüsterte ich ihr in Gedanken zu. Warum haben wir dieses Glück in unserer Familie verloren? Warum haben wir einander verloren?

»Der Tod deines Vaters hat uns verändert«, sagte meine Mutter. »Besonders mich. Ich habe zu endlos nur funktioniert. Alles, was mich an ihn erinnerte, tat furchtbar weh. Ich habe euch, meinen Kindern, schweres Unrecht angetan«, hauchte sie nahe an meinem Ohr. »Mit deiner Sehnsucht nach Liebe hast du mir die Augen geöffnet, aber es war zu spät gewesen. Du bist schon in dein Unglück gerannt. Ob mit oder ohne Farin, ich wusste, ich würde dich verlieren. Hätte ich ihn auf dem Weg, den er eingeschlagen hatte, nicht aufgehalten, hätte er dich, mich und unsere Welten ins nächste dunkle Zeitalter geführt. Das durfte ich nicht zulassen. Dich zu verletzen und gehen zu lassen, war das kleinere Übel, trotzdem hat es mir das Herz gebrochen, Medusa. Ich konnte nicht anders handeln.«

Hätte Gaia versucht, mir das, während ich wach und bei vollem Bewusstsein war, zu erklären, ich wäre weggelaufen. Okay, ich war bei Besinnung, aber das zählte nicht. Der Sauerstoffmangel zeigte Wirkung. Meine Augen waren geschlossen. Alles, was ich sah, kam allein von Mutter. Reglos trieb ich im Wasser. Ich hatte die Kontrolle über meinen Körper verloren. Dass ich nicht weggedriftete und eingeschlafen war, verdankte ich wohl Gaia, dennoch, wohin sollte uns das führen?

Ja, sie hatte mir gezeigt, dass wir einmal glücklich gewesen waren und sie nicht die abgrundtief böse Göttin war, zu der ich sie im Hass abgestempelt hatte. Was nun? Meine Wut war nicht verschwunden, sie war ein wenig eingedämmt. Trotzdem hatte Mutter viele Fehler gemacht. Verdammt, ich wusste, wie trotzig das klang. Das waren unbestreitbar furchtbare und gewaltige Irrtümer, aber ich hatte zu lange unter den Menschen gelebt, hatte den Geschichten nachgespürt, die sie zwischen Buchseiten bannten. All die Fehler und Schwächen machten die Göttermutter Gaia … menschlicher.

Ich selbst war es, die immer wieder behauptete, dass Götter nicht perfekt waren. So gerne sie das auch vorgaben.

»Ich sollte sauer auf dich sein, weil du gewartet hast, bis ich mich nicht mehr wehren kann, um mir das alles zu zeigen«, fauchte ich in Gedanken.

Das glockenhelle Lachen meiner Mutter antwortete mir. »Ich habe ein Geschenk für dich, Medusa. Ehe ich dich befreie, bitte ich dich, sei gnädig mit Thanatos. Er liebt dich aus tiefster Seele. Im Moment rennt er gegen die Barriere an, die ich um die Insel errichtet habe, um ihn daran zu hindern, dich aus dem Wasser zu ziehen, ehe wir alles geklärt haben. Er tobt. Wenn Thanatos so weitermacht, weckt er die ganze Insel auf.« Das Lächeln in ihrer Stimme war unverkennbar.

Scham und ein schlechtes Gewissen breiteten sich in mir aus. Mein Handeln hatte ihn verletzt. Der Schmerz hatte mich derart weit getrieben, hatte mir keinen anderen Ausweg gelassen. Eine Entschuldigung war das Mindeste, und das nicht allein bei ihm. Tessa, flüsterte ich. Wird sie mir je verzeihen?

»Das hat sie längst. Ich habe den Tod ihrer Eltern sehr bedauert, Medusa. Ich war nicht dafür verantwortlich. Ich hätte alles getan, um dir dieses bisschen Glück, das du bei Tessa und ihrer Familie gefunden hattest, zu erhalten. Ihr Tod war unvermeidlich. Ich durfte ihr Schicksal nicht ändern, denn es hat dich und Tessa unzertrennlich gemacht. Ich war in jener Nacht bei euch, um ihre Eltern selbst in Hades' Reich zu geleiten.«

Unzählige Empfindungen stürmten auf mich ein. Erleichterung, weil Mutter nicht das Scheusal war, für das ich sie gehalten hatte. Wut, denn sie hatte das alles zugelassen und mich damit so weit getrieben. Scham, weil ich nicht über meine eigene beschränkte und von Zorn vernebelte Denkweise hinaussehen konnte.

Obwohl ich im Körper gefangen war, kein Muskel sich bewegen ließ, fiel die Schwere eines ganzen missratenen Lebens von mir ab.

»Und jetzt«, hauchte Mutter, »gebe ich zurück, was ich dir genommen habe.«

Ich sah das Leuchten durch die geschlossenen Lider. Funken sprühten um mich, kitzelten mich auf der Haut, durchdrangen meine Zellen und erfüllten sie mit einer Macht, die ich ewig nicht mehr gefühlt hatte.

Magie!

Langsam öffnete ich die Augen, fuhr mit den Fingern durchs Wasser und bewegte die Arme. Meine Muskeln erwachten zuckend. Das Hochzeitskleid verlor seine Schwere, fächerte im Spiel des Wassers um den Körper. Es war, als wäre ich nach einer Ewigkeit nach Hause zurückgekehrt. Das Wasser umfing mich wie einen lange vermissten Freund. Ein kurzer Gedanke und ein Wirbel trieb mich aufwärts. Röchelnd durchbrach ich die Wasseroberfläche und schnappte nach Luft.

»Marie!« Thanatos rannte ins Meer und kam auf mich zugeschwommen. Irgendwo hörte ich Tessa rufen.

»Alles in Ordnung«, hauchte ich in den Wind, der meine Worte zu ihr trug. Mit meiner Magie musste ich nicht schreien, Tessa verstand mich.

»Wenn man einen Gott braucht, um an Land zu kommen, ist keiner da!«, rief meine beste Freundin.

Ein Schmunzeln erhellte Mutters Züge. »Ich hole sie.«

Ich kraulte Richtung Strand, wo ein sichtlich aufgebrachter Gott mir entgegenkam. Schnell durchschnitt ich das Wasser, mit langen kräftigen Bewegungen, und fühlte nach wenigen Atemzügen den Grund unter meinen Füßen.

»Marie.« Thanatos hatte mich erreicht. Erleichterung ließ seine Augen glänzen. Wassertropfen rannen über seine Haut, verwischten die Tränen, die er wegblinzelte. Schuldbewusst senkte ich den Blick.

Er zog mich in die Arme. Zitternd küsste er mich ins nasse Haar, strich mir über den Rücken, den Hals und das Gesicht.

»Dir geht es gut«, flüsterte er. »Dir geht es gut.«

»Es tut mir leid«, murmelte ich und zitterte heftig vor Kälte. Klatschnass stand ich bis zur Hüfte im Wasser. Früher hatte mir Kälte und Hitze nichts ausgemacht. Die Jahre ohne meine Kräfte hatten ihre Spuren hinterlassen. Ich hätte die Magie nutzen und mich innerhalb eines Wimpernschlages abtrocknen können, doch ich tat es nicht. Zu lange hatte ich als Mensch gelebt. Die Lehren, die ich daraus gezogen hatte, wollte ich mir bewahren. Magie konnte uns helfen, wenn wir mit unserer Körper- und Seelenkraft an die Grenzen des Machbaren stießen. Das unterschied uns von den Menschen. Wir hatten die Macht, über unsere Grenzen hinauszugehen. Wir trugen die Verantwortung, diese Kraft weise zu nutzen.

Thanatos zog mich enger an sich. »Ich bin froh, dass es dir gut geht.«

»Es tut mir leid«, wiederholte ich.

»Mir tut es leid, Marie. Wenn ich von Beginn an ehrlich zu dir gewesen wäre, stünden wir jetzt nicht hier.« Beruhigend fuhr ich ihm mit den Händen über den Rücken. Auch sein Shirt klebte nass auf seiner Haut. Jeder Muskel darunter war gut definiert. »Ich schwöre, ich lasse dich nie wieder aus den Augen. Dich kann man keine Sekunde allein lassen.«

»Ich kann gut auf mich aufpassen«, erwiderte ich.

»Das sehe ich«, murmelte er und küsste mich auf den Mundwinkel.

Autsch, das tat weh. Er hatte recht und wenn ich ehrlich mit mir war, wusste ich selbst nicht, wie es so weit hatte kommen können.

»Mir sind die Sicherungen durchgebrannt«, flüsterte ich. »Nachdem ich das Kleid auf deiner Terrasse gefunden hatte, dachte ich wirklich, ich wäre nichts weiter als ein Spielball für euch. Als ich mich dann mit Tessa gestritten habe, ist irgendein Faden in mir gerissen. Ich fühlte mich, als hätte mir jemand die wichtigste Wurzel durchtrennt, die mich festgehalten hat.«

Thanatos' fuhr mir über die Wange. Wasser tropfte von seiner Hand auf mein Gesicht, lief mir über den Hals, kitzelte mich, rann weiter, bis es vom Stoff des Kleides aufgesogen wurde. Ganz sachte legte er die Hand in meinen Nacken und zog mich zu sich. Seine Lippen, weich und warm, streichelten mein Kinn. Er hauchte mir kleine Küsse auf den Mundwinkel. Dann lagen seine Lippen auf meinen und er küsste mich behutsam. Schließlich seufzte er und sah mich eindringlich an.

»Dieses Kleid sollte genau das bewirken, Marie. Jemand wollte uns entzweien. Irgendwer wollte dich verletzen und den Hass zwischen dir und Gaia schüren. Ich werde herausfinden, wer das war. Offenbar hast du einen Feind in der Götterwelt. Du oder deine Mutter.« Thanatos nahm meine Hand.

»Wir finden das gemeinsam heraus, Thanatos. Aber eines ist klar, ich lasse Tessa nicht zurück und ich möchte nicht in der Götterwelt leben.«

Ein blauer Lichtkreis leuchtete am Ufer auf. Tessa stand mit weit aufgerissenen Augen und nach Luft schnappend neben Mutter, die etwas pikiert meine beste Freundin dabei beobachtete, wie sie würgte. Das Teleportieren war unangenehm für den empfindlichen Magen eines Menschen.

Ich umschloss Thanatos' Hand fester und zog ihn mit mir zum Ufer. Dort ließ ich ihn los, lief zu Tessa und umarmte sie stürmisch.

»Bitte entschuldige«, murmelte ich in ihr Haar, das nach Vanille duftete. »Ich habe furchtbar viel falsch gemacht.«

Tessa schlang die Arme um mich, sie atmete hastig gegen die Übelkeit an. »Das hast du und ich liebe dich trotzdem.«

Ich küsste sie auf die Wange. »Meine Mutter hat mir einiges gezeigt, das ich erst einmal verdauen muss. Das hat mich zum Nachdenken gebracht. Ich weiß jetzt, dass sie nicht für den Tod deiner Eltern verantwortlich ist«, flüsterte ich ihr ins Ohr.

Tessa nickte. »Ich weiß.« Sie sah kurz zu Mutter. »Sie hat es mir gesagt und ich glaube ihr.« Schwermut umschattete ihr Gesicht. »Was passiert jetzt, Marie? Wirst du mit ihm gehen? Ich meine mit Thanatos.« Sie sah zu dem Gott, der einen Meter hinter uns stand. »Ich freue mich für euch beide, aber was wird aus mir?«

»Marie bleibt hier. Wer immer ihr schaden möchte, kommt aus unserer Welt. Einer der Götter treibt ein falsches Spiel.« Thanatos schlang die Arme von hinten um mich und zog mich dicht zu sich. »Hier bist du sicherer.«

»So einfach ist das nicht.« Mutter trat zu uns. Natürlich, es wäre zu schön gewesen, wenn sie sich einmal nicht in mein

Leben eingemischt hätte. Sie sah mich an und schüttelte den Kopf. »Das habe ich vermutlich verdient, Medusa. Dein Argwohn mir gegenüber wird wohl für ewig Teil unserer Beziehung sein, trotzdem meine ich es gut.« Sie deutete auf das Meer, wo einzig die Lichter des Kreuzfahrtschiffes in einiger Entfernung die Dunkelheit erhellten. »Dein Schicksal hat sich nicht verändert. Ich sehe weiterhin deinen Tod. Offenkundig hat derjenige, der dir das Hochzeitskleid überbracht hat, damit etwas zu tun. Ich weiß nicht, wer es ist, deshalb kannst du nicht bei den Menschen darauf warten, dass dich diese Bestimmung einholt.«

Thanatos zog mich dicht an seine Brust. Ich bekam kaum Luft. Tessa hielt den Atem an. Ich starrte zu Mutter, die meinen Blick ruhig erwiderte.

»Das habe ich nicht vor. Ich sage lediglich, dass ich nicht mehr in Adroma leben werde. Egal, was passiert, Mutter. Ich ziehe nicht zurück in deinen Tempel.«

Sie nickte. »Das muss ich wohl akzeptieren.«

»Gibt es denn keinen Anhaltspunkt, wann oder wo das passieren wird?«, fragte Tessa meine Mutter.

»Nein, ich sehe nur Gewalt und Krieg.«

»Krieg?« Thanatos löste sich von mir und trat zu Gaia. »Jemand bedient sich der dunklen Macht. Ist es das, was du siehst? Einer der Götter hat Chaos gerufen?«

Meine Mutter kniff die Lippen zusammen und nickte. »Ich vermute es«, sagte sie. »Chaos ist der Einzige, der mir den Blick in die Zukunft nehmen kann.« Sie sah mich an. »Das letzte Mal, als ich meine Gabe wegen Chaos einbüßte, starb dein Vater, Medusa.«

»Nein!« Thanatos keuchte.

Aus Tessas Gesicht war alle Farbe gewichen. Sie kam zu mir und umarmte mich fest. Tränen rannen ihr über die Wange. Ich sah Angst in ihren Augen.

»Das lasse ich nicht zu«, sagte Thanatos immer und immer wieder.

»Uns steht ein Krieg bevor«, erwiderte Gaia. »Ich weiß nicht, wann es so weit ist, aber er wird kommen, wenn wir den Gott, der sich Chaos' Macht bedient, nicht finden.«

»Es kann Jahre dauern, bis mich dieses Schicksal ereilt.« Ich drückte Tessa kurz, wischte ihr die Tränen aus dem Gesicht und lächelte. »Hör auf zu weinen. Noch bin ich nicht tot und ich habe nicht vor das zuzulassen.« Plötzlich hatte ich Angst. Angst um das Leben, das ich gemeinsam mit Thanatos und Tessa erleben konnte. Jetzt, wo ich endlich fand, was ich gesucht hatte, wollte ich das nie wieder verlieren. Ich wollte leben, mit Thanatos!

Ich ging zu ihm, schlang die Arme um seinen Hals und ließ mich von ihm hochheben. Sicher und geborgen an der Seite des Gottes, den ich liebte, doch trübte Angst unser Glück.

»Ich lasse dich nicht gehen, Marie. Ich verspreche dir, ich werde alles tun, um dich zu schützen.«

Sachte nahm ich sein Gesicht zwischen die Hände und küsste ihn. »Ich liebe dich«, raunte ich ihm ins Ohr.

Seufzend lehnte er den Kopf an meine Halsbeuge. »So wie ich dich, Marie.«

»Medusa«, sagte ich mit fester Stimme. Überrascht sah er mich an. »Mein Name ist Medusa.«

Fortsetzung folgt

Emily Thomsen

Flerya – Drachenschlaf

ISBN: 978-3-95991-351-5, kartoniert, EUR 14,90

Einst verbannte der Drachenkönig Gardorath die Herrscherin der Ghul und bewahrte damit das Reich vor dem Niedergang. Nur die Trägerin des magischen Armbandes Kemantie kann Königin Aine befreien. Nichts anderes will Yadiran, der oberste Feldherr der dunklen Herrscherin, und dabei ist ihm jedes Mittel recht. Er entführt Gardoraths Tochter Flerya, die untrennbar mit Kemantie verbunden ist, und zieht sie als sein eigenes Kind auf. Ohne Erinnerung an ihre wahre Herkunft schenkt sie ihm ihre ganze Liebe. Doch der kaltblütige Seelenfresser wartet nur auf Fleryas sechzehnten Geburtstag. Es ist der Tag, an dem der Drache in ihr erwacht und sie Aine befreien wird. Der Tag, an dem Yadiran ihren Tod fordert. Gebrochen vom Verrat und auf sich allein gestellt, versucht Flerya ihrem Häscher zu entrinnen – und den Untergang Emireschas abzuwenden.

Laura Labas

Der verwunschene Gott – Von Göttern und Hexen

ISBN: 978-3-95991-334-8, Klappenbroschur, EUR 14,90

Morgan Vespasian verdient sich ihren Unterhalt als Schmugglerin. Seit sie vom Alphawolf der Schmuggler entführt wurde, ist sie dazu verdammt, ihre Lebensschuld abzuarbeiten. Während eines Auftrags wird sie verraten und gerät zwischen die Fronten eines vergessenen Prinzen und eines verfluchten Gottes, die auf der Suche nach einem verwunschenen Schloss sind. Morgan muss sich schon bald für eine Seite entscheiden und bestimmt mit ihrer Wahl das Schicksal des gesamten Königreiches.

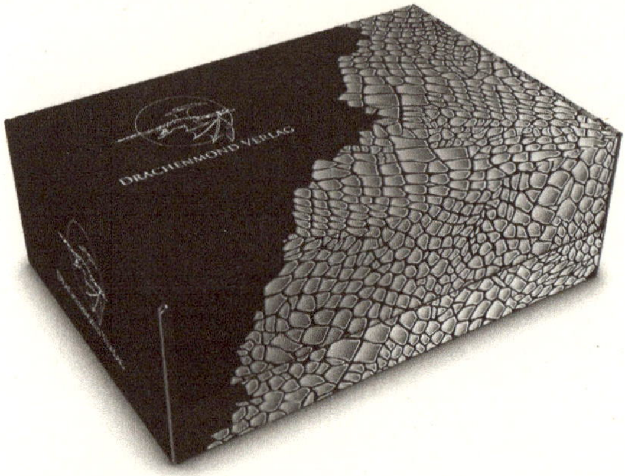
Drachenmond Verlag